Heike Köhler-Oswald Graue Witwen

Heike Köhler-Oswald, geboren 1966, wuchs in Erfurt auf. Nach vielen Berufsjahren als Technische Zeichnerin war sie fünf Jahre lang als Verwaltungsangestellte am Lehrstuhl für Architektur der Bauhaus-Universität Weimar tätig. Heike Köhler-Oswald lebt mit ihrer Familie, zwei Pferden und noch viel mehr Getier auf einem alten Vierseithof. Zuletzt bei Bild und Heimat: *Mörder lauf Galopp. Ein Thüringen-Krimi* (2016).

Heike Köhler-Oswald

Graue Witwen

Ein Weimar-Krimi

Bild und Heimat

Von Heike Köhler-Oswald liegt bei Bild und Heimat außerdem vor:
Mörder lauf Galopp. Ein Thüringen-Krimi (2016)

ISBN 978-3-95958-088-5

1. Auflage

Umschlaggestaltung: fuxbux, Berlin
Umschlagabbildung: fotolia / Bernd Kröger
Druck und Bindung: GGP Media GmbH, Pößneck

Ein Verlagsverzeichnis schicken wir Ihnen gern:
BEBUG mbH / Verlag Bild und Heimat
Alexanderstr. 1
10178 Berlin
Tel. 030 / 206 109 – 0

www.bild-und-heimat.de

Warnung

Eine graue Witwe ist eine scheue Spinne,
die jeglichen Kontakt mit Menschen vermeidet.
Sie neigt dazu, sich zurückzuziehen und ruhig zu warten,
bis die Gefahr vorüber ist.
Provoziert man eine graue Witwe jedoch,
wird sie vermutlich beißen.

Prolog

Laut dröhnte das Ticken der alten Kuckucksuhr durch die Küche. Annelise starrte abwechselnd auf die Uhr, den Pudding auf dem Tisch und die Tabletten in ihrer Hand. Er hat es verdient, dachte sie immer wieder. Ihr Blick glitt zur Uhr, und jedes Ticken klang ein wenig lauter in ihrem Kopf. Es würde ihm eine Lektion sein. Sollte er ruhig einmal spüren, wie es war zu leiden, so wie ihre Katzen gelitten hatten. Wütend sah sie die drei Tabletten in ihrer Hand an. Wie hatte man sich nur so in diesem Mann täuschen können? Ihren Mitbewohnerinnen und inzwischen besten Freundinnen hatte Gustav auch schon übel mitgespielt, aber sie hatte es am ärgsten getroffen. Gustav Schütz hatte ihre beiden Katzen vergiftet mit seinen Herztabletten. Absichtlich hatte er die kleinen weißen Kügelchen durch die Küche geschnippt und sich halbtot gelacht, wenn die Katzen sie fingen und an ihnen schleckten. Gustav hasste Katzen, und Annelise hasste Gustav.

Als Marga die Küche betrat, schrak Annelise heftig zusammen und versuchte, die Tabletten in ihrer Hand zu verstecken. Aber Marga hatte Adleraugen. Sie hatte genau gesehen, wie Annelise die Tabletten vor ihr verbergen wollte. Da die Packung noch auf dem Küchentisch lag, griff sie danach. Sie las das Etikett und zog die Augenbrauen hoch. Annelise zupfte nervös an der Tischdecke und gestand, den Pudding für Gustav in den Kühlschrank stellen zu wollen. Natürlich würde sie ihn deutlich darauf hinweisen, dass die Süßspeise nicht für ihn gedacht sei, aber da Gustav noch nie die Finger von den Sachen seiner Mitbewohnerinnen gelassen habe, würde er sich wohl auch dieses Mal am Pudding bedienen.

Als der Kuckuck laut schreiend zum Leben erwachte, ließ Annelise vor Schreck die kleinen weißen Kügelchen in den Pudding fallen. Marga blickte ihre Freundin grübelnd an, und ihre ein wenig zu weißen und zu groß geratenen neuen Zähne knabberten an ihrer Unterlippe. Dann zog ein kurzes böses Grinsen über ihr pausbäckiges Gesicht. Sie zwickte ebenfalls eine Tablette aus der Packung und ließ sie zu den anderen in den Pudding gleiten. So standen sie noch um die Schüssel, als Gudrun, die Dritte im Bunde ihrer Seniorenwohngemeinschaft, in die Küche stürmte. Theatralisch wedelte sie mit den Armen in der Luft und verkündete, dass sie jetzt aber losmüssten, wenn sie noch pünktlich ins Theater kommen wollten. Erst als die Freundinnen sich nicht rührten, trat sie näher und blickte nun ebenfalls auf die vier weißen Kügelchen, die sich deutlich auf dem dunklen Schokopudding abhoben. Die eben noch so quirlige Gudrun stand nun stocksteif in der Küche, und plötzlich dröhnte auch ihr das Ticken der alten Kuckucksuhr in den Ohren. Sie brauchte nicht zu fragen, für wen der Pudding bestimmt war. Auch ihr hatte Gustav Schütz übel mitgespielt, aber das wussten die Freundinnen nicht.

»Für Gustav?«, krächzte sie. Die beiden alten Damen nickten. Bedächtig nahm Gudrun die Tablettenpackung aus Margas Hand, las das Etikett, blickte noch einmal auf ihre Freundinnen und drückte sich ein Kügelchen in ihre Hand.

»Eine für alle und alle für Gustav«, murmelte sie und ließ die Tablette im Pudding landen.

Erschrocken blickten sich die Damen an, dann rührte Annelise die Süßspeise um. Marga nahm die Schüssel, stellte sie in den Kühlschrank und zog Annelise aus der Küche.

Sie riefen Gustav, der die Tür seines Zimmers weit offen stehen hatte, zu, dass sie nun ins Theater aufbrechen würden und er bitte nicht den Pudding aus dem Kühlschrank essen solle, da sie später noch etwas zum Naschen haben wollten. Dann zog Gudrun die Tür geräuschvoll ins Schloss. Wortlos machten sie sich auf den Weg ins Nationaltheater Weimar. Heute wurde *Der Rosenkavalier* gespielt, und die Damen hatten sich schon sehr auf die »Komödie für Musik« gefreut, aber als sie später auf ihren Plätzen im Theatersaal saßen, blickten sie mit weit aufgerissenen Augen ins Leere.

1. Kapitel

Gustav Schütz hörte, wie die Tür ins Schloss fiel, und ein hinterlistiges Lächeln schlich sich auf sein knittriges Gesicht. Endlich waren die alten Schachteln aus dem Haus. Behäbig stand er aus seinem alten, schon recht abgewetzten Sessel auf und schlurfte durch den Flur in die Küche. Er machte den Kühlschrank auf und suchte nach dem verbotenen Pudding. Was dachten sich die Weiber eigentlich dabei, ihm etwas vorschreiben zu wollen? Genüsslich nahm er den ersten Löffel und wanderte mit dem Pudding in der Hand durch die Wohnung. Er hatte mindestens zwei Stunden Zeit, ehe die drei vom Theater zurückkommen würden. Heute hatte er sich vorgenommen, in Margas Zimmer ein wenig herumzuschnüffeln.

Vielleicht hatte die Dorftante ja einen Sparstrumpf unter dem Kopfkissen versteckt, an dem er sich bedienen konnte. Oder vielleicht fand er auch pikante Details aus ihrem Leben, mit denen er sie ein wenig erpressen können würde. Gutgelaunt wegen der günstigen Gelegenheit nahm er noch einen großen Löffel voll Pudding und drückte die Klinke zu Margas Zimmer herunter. Abgesperrt. Das dämliche Weib hatte doch tatsächlich das Zimmer verschlossen. Als ob ihn das aufhalten könnte! Beinahe beschwingt ging er in sein Zimmer, holte den Ersatzschlüssel, den er sich schon vor ein paar Tagen heimlich hatte anfertigen lassen, und öffnete damit Margas Tür. Marga war die Misstrauischste ihm gegenüber in der Weiber-WG. Ständig beobachtete sie ihn und nörgelte an ihm herum, deshalb hatte er sie sich auch bis zum Schluss aufgehoben. Sie ein wenig zu quälen war ihm ein inneres Bedürfnis geworden.

Langsam drehte er sich im Kreis und überlegte, wo er anfangen soll zu suchen. Bei Gudrun war es einfach gewesen. Nachdem er sie im Internet auf einer Dating-Plattform kennengelernt und ein paar Wochen umgarnt hatte, war sie doch tatsächlich mit ihm in die Kiste gesprungen. Natürlich hatte er vorgesorgt. Die kleine Kamera hatte wirklich gute Arbeit geleistet, und als er Gudrun mit dem Filmchen überrascht hatte, war sie sofort bereit gewesen zu zahlen. Aber Gustav hatte andere Pläne. Er wollte in die Senioren-WG einziehen, und so hatte Gudrun ihm das freie Zimmer verschaffen müssen. Nur durch ihr Zureden hatten die beiden Mitbewohnerinnen eingewilligt, einen Mann in die Wohngemeinschaft einziehen zu lassen. Er hatte sich genau überlegt, wie er seine letzten Jahre verbringen wollte. Eine Weiber-WG war ihm wie sein persönliches Paradies erschienen. Natürlich war ihm klar, dass die Frauen ihn nur umsorgen würden, wenn er mit ein wenig Druck nachhälfe, aber da hatte er ja reichlich Erfahrungen. Nachdem er in die WG eingezogen war, hatte er die erste Gelegenheit genutzt und Gudruns Zimmer durchsucht. Dabei war ihm ihr Laptop in die Hände gefallen, und dort war er fündig geworden: Er hatte sich die folgenden Wochen sein Wissen um die alten Nacktaufnahmen gut bezahlen lassen.

Annelise hingegen war eine echte Enttäuschung gewesen. Nur langweilige Sachen aus ihrer Zeit als Lehrerin und Fotos über Fotos von ihrem toten Mann und ihrem Sohn. Auch auf seine Avancen war sie nicht eingegangen. Keine Verfehlungen oder schmutzigen Geheimnisse hatte er finden können, also hatte er damit begonnen, ihre blöden Katzen mit seinen Herztabletten zu füttern. Ständig hatte er Haare von diesen Drecksviechern an seiner Kleidung, und einmal lag so ein Vieh doch tatsächlich auf seinem

Kopfkissen. Das war zu viel, die Katzen mussten weg. Gespannt hatte er zugesehen, wie viele von den kleinen weißen Kügelchen die Katzen fressen mussten, bis sie endlich verreckten. Er musste grienen, als er daran dachte, wie hysterisch die Alte durch die Wohnung gerannt und die toten Viecher herumgeschleppt hatte.

Nun war also Marga an der Reihe. Sie war immer dagegen gewesen, dass er in die Wohngemeinschaft zieht, aber da die Miete recht hoch war, hatte sie sich schließlich überreden lassen. Großzügig hatte er mit Geld um sich geworfen und sie alle um den Finger gewickelt. Er hatte sich erhofft, hier gemütlich seinen Lebensabend verbringen zu können, umsorgt von drei Weibern. Aber Pustekuchen! Nicht einmal regelmäßig das Mittagessen wurde ihm hier gekocht, und dann bestanden die drei Alten auch noch auf einem Putzplan. Das hatte das Fass zum Überlaufen gebracht. Mit Gudrun war es beinahe zu einfach gewesen. Sie hatte ihm im Laufe der letzten Monate fast fünfzehntausend Euro für sein Schweigen bezahlt. Nun allerdings war sie ausgemolken, und er musste sich nach einer neuen Einnahmequelle umsehen.

Er sah sich im Zimmer um, und sein Blick blieb an einem großen, in einem reich verzierten Rahmen steckenden Spiegel hängen. Eitel fuhr er sich über sein noch immer üppiges, inzwischen schneeweißes Haar, dann zog er den Bauch ein und zwinkerte seinem Spiegelbild zu. Auch mit seinen achtundsechzig Jahren war er noch ein Bild von einem Mann, fand er. Umso ärgerlicher war es, dass er bei Annelise mit seinen Avancen so gar nicht hatte punkten können. Aber aus einer seit Jahren vertrockneten Pflaume bekam selbst er keinen Saft mehr heraus, tröstete er sich. Bei Marga hatte er seinen Charme erst gar nicht versprüht. Sie fiel so gar nicht in sein Beuteschema. Marga kam vom Dorf, und das sah man ihr auch an. Ständig verhüllte sie ihre mehr als ausladende Figur in diesen fürchterlichen Kittelschürzen. Bei ihr musste er sich etwas anderes einfallen lassen, um sie gefügig zu machen. Sein Blick glitt vom Spiegel zu einer Kommode. Zielsicher griff er in eine der Schubladen und holte einen Stapel Bankauszüge daraus hervor. Seine Enttäuschung war gewaltig. Dreihundertzwanzig Euro befanden sich auf dem Konto. Ungläubig starrte er die Zahlen an. So ein verdammter Mist! Er hatte gedacht, bei ihr wäre etwas zu holen, schließlich musste er sich unentwegt Geschichten über den Bauernhof in diesem Kuhkaff anhören, aus dem sie stammte. Der war doch bestimmt eine Menge wert. Wieso saß sie dann hier mit nur dreihundertzwanzig Euro? Ob sie das Geld im Zimmer versteckt hatte? Mittlerweile schlechtgelaunt stöberte er in ihren Schränken, unter dem Bett und in ihrer Wäsche, bevor er sich frustriert auf den großen Sessel am Fenster warf. Er griff zum restlichen Pudding und schaufelte ihn sich wütend in den Mund. Wenigstens diese kleine Rache war ihm geblieben. Keinen Bissen würde er den alten Schreckschrauben übrig lassen. Plötzlich grummelte es in seinem Magen, und heftige Bauchschmerzen erinnerten ihn daran, dass er seit Tagen Probleme mit dem Stuhlgang hatte. Sein Blick fiel auf Margas Nachttisch und auf die Abführtabletten darauf. Ohne Skrupel, sich an fremdem Eigentum zu vergreifen, drückte er sich zwei Tabletten aus der Folie und schluckte sie hinunter. Die restliche Packung wanderte in seine Hosentasche. Da ihm ein wenig schwindlig war, schlurfte er zurück in sein Zimmer, fläzte sich in seinen alten, abgewetzten Sessel und machte die Glotze an.

Gerade dudelte der Abspann der Volksmusiksendung, die er sich angeschaut hatte, über den Bildschirm, als er die Augen öffnete und sich ans Herz griff. Er musste wohl eingeschlafen sein, und das Pochen in seiner Brust hatte ihn geweckt. Er griff sich seine Herztabletten und wankte über den Flur ins Badezimmer. Auch sein Darm spielte plötzlich verrückt. Er schaffte es gerade noch rechtzeitig auf die Toilette. Kalter Schweiß brach ihm aus. Er versuchte mit zittrigen Fingern, eine Herztablette aus der Folie zu drücken, und als er es endlich geschafft hatte, zwang ihn ein erneuter Darmkrampf, die Tabletten fallen zu lassen und sich an der Badewanne abzustützen. Nach ein paar Minuten wurden die Krämpfe ein wenig besser, nun tobte sein Herz in der Brust. Mit heruntergelassener Hose versuchte er aufzustehen. Er wankte zwei Schritte auf die Tabletten zu, als ihn ein heftiger Schmerz zu Boden stürzen ließ. Noch im Fallen sah er die Kante der Badewanne auf sich zurasen, dann wurde alles schwarz.

Eine Stunde später schloss Marga zögernd die Wohnungstür auf und lauschte ins Innere. Auch Gudrun und Annelise hielten die Luft an und guckten verunsichert auf Margas breiten Rücken. Was würde sie jetzt erwarten? Hatte Gustav den Pudding gegessen, und war ihm womöglich schlecht geworden? Hatte er einen Arzt geholt oder vielleicht sogar die Polizei, oder lag er friedlich schnarchend in seinem Bett? Eng aneinandergedrängt tippelten die Damen in den Flur. Alle paar Schritte blieben sie stehen und lauschten. Kein Geräusch störte die Stille, nicht einmal Gustavs Schnarchen. In der Küche öffnete Marga den Kühlschrank, und Annelise schnappte nach Luft. Alle sahen auf die Stelle, wo vor drei Stunden noch die Schüssel mit dem Schokopudding gestanden hatte. Annelise begann zu keuchen, wurde leichenblass und schwankte bedenklich. Gudrun zog schnell einen Stuhl heran, und Annelise plumpste kraftlos darauf.

»Bleib du hier sitzen, wir schauen mal in Gustavs Zimmer«, flüsterte Marga und blickte Gudrun auffordernd an. Gudrun schluckte hart, und man sah ihr an, dass sie lieber in der Küche geblieben wäre, aber dann gab sie sich einen Ruck und folgte Marga. Im Schneckentempo schlichen sie den Flur entlang bis vor Gustavs Zimmer. Marga klopfte leise an, dann lauschten die Damen mit dem Ohr an der Tür. Mucksmäuschenstill war es im Zimmer. Die Freundinnen schauten sich ratlos an, dann legte Marga ihre Hand auf die Klinke und drückte die Tür auf. Ein erleichtertes Prusten in ihrem Nacken ließ sie zusammenfahren. Sie rollte mit den Augen und schüttelte ärgerlich den Kopf.

»Vielleicht ist er ja ins Krankenhaus gefahren?«, überlegte Gudrun gerade, als ein gellender Schrei durch die Wohnung hallte.

Blitzschnell drehten sich die Damen um und stürmten den Flur entlang ins Badezimmer. Dort erwartete sie ein Bild des Grauens. Annelise saß am Fuße der Badewanne und zitterte wie Espenlaub. Keinen Meter vor ihr lag Gustav in einer riesigen Blutlache. Marga stand starr vor Entsetzen da und konnte ihren Blick nicht von dem bizarren Bild abwenden. Zusammengekrümmt, mit heruntergelassener Hose und einem Loch im Kopf, lag Gustav reglos auf dem Boden. Das Blut um ihn herum hob sich deutlich von den blitzblanken weißen Fliesen ab. Nachdem Marga den ersten Schock überwunden hatte, dachte sie daran, wer diese Schweinerei wohl würde aufwischen müssen. Sofort schämte sie sich ihrer Gedanken und beugte sich schnell über die immer noch auf dem Boden kauernde Annelise. Auch Gudrun kam nun wieder zur Besinnung und kramte ihr Handy heraus. Marga sah sie einen Augenblick an, dann nickte sie kurz.

Was danach folgte, bekamen die Damen nur noch wie durch einen Schleier mit. Während der Notarzt und die Polizei ihre Arbeit verrichteten, saßen die Damen in der Küche vor ihrem Tee, der längst kalt geworden war. Erst Stunden später, als es in der Wohnung wieder still war, standen sie ächzend auf und legten sich mit weit aufgerissenen Augen in ihre Betten.

2. Kapitel

Weimar. Ein 68-jähriger Mann ist nach einem Sturz in seinem Badezimmer gestorben, wie die Polizei in Weimar am Dienstagmorgen mitteilte. Der Mann stürzte aus bislang ungeklärter Ursache und erlitt schwere Kopfverletzungen. Trotz Rettungsversuchen konnte der Mann nicht wiederbelebt werden.

Da stand es, schwarz auf weiß. Annelise, die in der Nacht vom Notarzt eine Beruhigungsspritze bekommen und dann noch den ganzen folgenden Tag krank im Bett gelegen hatte, begann wieder zu zittern.

»Jetzt ist es aber genug.« Energisch schob Gudrun ihren Stuhl von sich und stand auf. »Seit gestern versuchen wir dir jetzt zu erklären, dass du nicht schuld bist. Gustav ist einfach unglücklich gestürzt, es war ein Unfall.«

Annelise starrte auf die Polizeimitteilung, nickte gequält und legte zitternd die Zeitung auf den Küchentisch.

»Außerdem hat die Polizei doch gesagt, dass es ein Unfall war«, sagte nun auch Marga leise und streichelte Annelise beruhigend über den Arm.

»Ich wollte ihm doch nur eine Lektion erteilen. Ich wollte ihn nicht umbringen«, schluchzte Annelise auf.

»Das wissen wir doch«, sagte Marga und blickte Gudrun hilfesuchend an.

»Und wenn die Polizei herausbekommt, dass wir ihm die Tabletten in den Pudding getan haben? Vielleicht sollten wir doch lieber alles zugeben?« Annelise blickte ihre Freundinnen mit tränenverschleierten Augen an.

»Vergiss es! Ich gehe wegen diesem Arsch nicht ins Gefängnis«, sagte Gudrun aufgebracht. »Und außerdem ist er schließlich nicht an den Tabletten gestorben, niemand muss davon erfahren.« Sie blickte Annelise flehend an, bis diese schließlich zaghaft nickte.

»Na siehst du, keiner hat was gemerkt, und jetzt leg endlich diese blöde Zeitung weg.« Energisch faltete Gudrun die Zeitung und klatschte sie auf den Küchentisch. Annelise zuckte zusammen und ließ prompt die Kaffeetasse fallen. Klirrend landete diese auf dem Frühstücksteller, und nun zuckte auch Gudrun zusammen. Marga seufzte auf und begann, den verschütteten Kaffee mit einem Küchentuch aufzuwischen. Dabei kam ihr wieder die Erinnerung an das blutige Badezimmer hoch. Noch bevor die Polizei einen Reinigungsdienst organisieren konnte, hatte Marga schweigend damit angefangen, die Fliesen zu säubern. Erschrocken hatte der junge Kriminalbeamte die Augen aufgerissen, aber Marga hatte ihm versichert, dass das schon in Ordnung gehe. Schließlich wohnten hier alte Damen, und die brauchten schließlich ihr Badezimmer. Marga war mit ihren zweiundsiebzig Jahren die Älteste in ihrer Wohngemeinschaft, bei weitem aber nicht die Hinfälligste. Ein Leben lang an schwere Stallarbeit gewöhnt, hatte sie noch immer einen kräftigen, recht fülligen Körperbau. Gegen die kränkliche und zierliche Annelise wirkte sie wie ein Fels, allerdings nicht steingrau, sondern meist kribbelbunt, wie auch jetzt, in eine ihrer blumigen Schürzen gekleidet. Sie konnte einfach nicht von ihren Dederon-Kittelschürzen lassen, und mittlerweile wurde es immer schwerer, ihren ausgefallenen Geschmack zu befriedigen. Freunde und Bekannte brachten ihr regelmäßig Schürzen aus dem Urlaub mit, und so füllte bereits eine beachtliche Anzahl mit den unterschiedlichsten Motiven ihren Kleiderschrank.

»Es war ein Unfall«, sagte Marga energisch. »Er ist ausgerutscht und auf die Badewanne geknallt, basta!«

Sie nickte Gudrun und der kreidebleichen Annelise resolut zu. Annelise nickte zaghaft. Sie war nicht nur von der Gestalt her die Zierlichste in ihrer Damenrunde, sie litt auch seit dem Tod ihres Mannes und ihres einzigen Sohnes, die bei einem Verkehrsunfall ums Leben gekommen waren, unter Angst und Depressionen. Wenn sie vor zwei Jahren nicht Gudrun und Marga kennengelernt und sich für diese Wohngemeinschaft entschieden hätte, wer weiß, ob sie dann noch leben würde. Selbstmord war ihr in ihren schwersten Stunden als einzige Möglichkeit erschienen, der Trauer und dem Schmerz zu entfliehen. Doch dann waren die beiden in ihr Leben gefegt und hatten sie mit ihrem Lebensmut mitgerissen. Annelise lächelte gequält auf und nickte, als plötzlich das Kreischen des Kuckucks die Frauen erneut zusammenfahren ließ. Dieses Mal war es Marga, die den Kaffee verschüttete.

»Wann wollen wir endlich dieses grässliche Ding entsorgen?«, fragte Gudrun mit Blick auf Annelises alte Kuckucksuhr. »Der Vogel hört sich mittlerweile an, als würde ihm jemand die Gurgel umdrehen.« Kaum hatte sie die Worte hinausposaunt, als ihr klarwurde, was sie da gerade gesagt hatte. Sie verzog das Gesicht und hob entschuldigend die Schultern. Marga verdrehte die Augen und wischte dann erneut den Tisch sauber.

»Ich mach uns besser einen Tee zur Beruhigung«, sagte sie.

»Die Uhr hat mir mein Sohn geschenkt, kurz bevor er …« Annelise schluchzte erneut auf. »Die Uhr bleibt«, sagte sie leise und wickelte sich dann fester in ihre Strickjacke ein. Annelise trug beinahe immer eine Kombination aus Pullover und Strickjacke in unscheinbaren Pastelltönen, und auch der Rest von Annelise war eher unscheinbar. Nur ihr halblanges, zu einem Bob geschnittenes Haar glänzte seidig in einem hellen Silbergrau.

»Für mich keinen Tee, ich geh jetzt zum Pilates«, sagte Gudrun energisch. Sie konnte nicht ewig untätig herumsitzen, auch nicht, wenn Gustav nun tot war.

Gudrun war die Agilste und die Jüngste mit ihren knackigen dreiundsechzig. Kaum ein Tag verging, an dem sie nicht irgendeinen Kurs besuchte. Vor ihrem Ruhestand war sie über dreißig Jahre lang am Nationaltheater Weimar als Operettensängerin engagiert und immer auf Achse gewesen. Nun genoss sie ihre freie Zeit mit Kursen an der Volkshochschule, als Gasthörerin an den Universitäten in Weimar und Jena oder im Internet auf der Suche nach einem passablen Mann. Allerdings hatte sie sich geschworen, in Zukunft die Finger von Kontaktbörsen zu lassen, hatten diese ihr doch Gustav beschert. Sie wischte den Gedanken an Gustav ärgerlich beiseite und griff zur Sporttasche. Gudrun war immer elegant gekleidet, auch für den Weg zum Fitnessstudio hatte sie sich sorgfältig zurechtgemacht. Eine weiche Lederjacke schmiegte sich über einen kuscheligen Kaschmirpullover, und ihre freche, mit Strähnchen durchsetzte Kurzhaarfrisur ergänzte ihr elegantes Auftreten. Obwohl die drei Frauen so unterschiedlich waren, funktionierte ihr Zusammenleben doch erstaunlich gut.

Natürlich gingen sie sich manchmal auch auf den Kranz. Wenn zum Beispiel Marga beim Essen mit ihren falschen Zähnen klapperte, verzog Annelise leidend das Gesicht. Im Gegenzug regte Marga sich regelmäßig über Gudruns Unterwäsche in ihrem gemeinsamen Badezimmer auf. Als Marga das erste Mal die filigranen Slips aus dem Waschbecken gezogen und sie mit spitzen Fingern verwundert betrachtet hatte, war Gudrun ins Bad gekommen und hatte ihr kichernd die Spitzenteile aus der Hand gezogen. »So was ziehst du an?«, hatte Marga gefragt. »Warum denn nicht?«, hatte Gudrun erstaunt wissen wollen. »Nur weil wir alt sind, müssen wir doch nicht in Zeltschlüpfern rumrennen.« Sie hatte Marga den winzigen Slip an deren üppigen Po gehalten, und beide hatten lauthals angefangen zu lachen. »Bei mir sähe das aus wie Arsch frisst Schlüpfer«, hatte Marga erwidert, und ihr riesiger Busen war beim Lachen auf und ab gehüpft.

Gerade als Gudrun in ihre Schuhe geschlüpft war, klingelte es an der Haustür. Dieses Mal zuckten alle drei zusammen.

»Mädels, wir müssen echt damit aufhören!«, schimpfte Gudrun.

»Und wenn es wieder die Polizei ist?«, fragte Annelise und blickte panisch zum Flur.

»Jetzt hör aber auf! Und selbst wenn, dann werden sie vielleicht noch ein, zwei Fragen haben, und das war's dann aber auch.« Ärgerlich riss Gudrun die Tür auf und wollte gerade den Beamten unfreundlich kundtun, dass sie sich durch diese ständige Fragerei belästigt fühlten, als ihr Blick auf ein junges Mädchen fiel. Mit offenem Mund sah sie die Fremde an.

»Ja?«, blaffte Gudrun. Erschrocken trat die junge Frau einen Schritt zurück.

»Also, ich …«, stotterte sie, dann verließ sie offenbar der Mut. Ungeduldig klapperte Gudrun mit dem Schlüsselbund in ihrer Hand und forderte die Unbekannte durch heftiges Händewedeln auf, ihr Anliegen vorzutragen.

»Also, ich …«, versuchte die junge Frau es erneut, »… suche ein Zimmer«, presste sie schließlich hervor. »Es tut mir leid, dass ich Sie damit jetzt schon belästige, aber es ist ein Notfall.« Händeringend stand sie wie ein Bittsteller vor Gudrun. Entsetzt starrte diese sie an. Nach ein paar Sekunden schüttelte sie den Kopf und wollte die Fremde gerade wegschicken, als Marga sie am Ärmel zupfte.

»Lass sie rein, wir können das Zimmer nicht ewig leerstehen lassen, und außerdem brauchen wir das Geld«, flüsterte sie.

Gudrun überlegte kurz, dann bedeutete sie der jungen Frau hereinzukommen.

»Mein Name ist Susanna Albar. Ich studiere Architektur an der Bauhaus-Uni und ich suche wirklich dringend ein Zimmer.«

Die Damen schauten sich unsicher an.

»Bitte …«, bettelte Susanna mit großen blauen Augen.

Annelise knickte als Erste ein. Schönheit war ihr schon immer nahegegangen, und dieses Mädchen war wirklich schön, mit ihren langen roten, sanft gewellten Haaren, ihren lustigen Sommersprossen und den großen blauen Augen. Auch Marga konnte dem Bitten der Fremden nicht widerstehen, und schließlich nickte auch Gudrun.

»Woher wissen Sie denn, dass hier ein Zimmer frei geworden ist?«, wollte sie aber wissen, misstrauisch wie sie war.

»Ich war unten auf der Straße, als man den Sarg rausgetragen hat«, flüsterte Susanna.

»Ach, und da haben Sie sich gedacht, ehe ein anderer Ihnen das Zimmer wegschnappt, kommen Sie lieber gleich vorbei?«

Verlegen zuckte die junge Frau mit den Schultern.

»Gudrun, jetzt ist genug gemeckert. Du siehst doch, dass das ein ganz nettes Mädel ist«, beendete Marga das Verhör. »Es ist zwar noch ein wenig früh, und Gustavs Sachen sind auch noch da, aber ich denke, Sie können das Zimmer haben. Die Sachen räumen wir in den Keller, bis jemand sie abholen will, einverstanden?« Die Damen nickten, die junge Frau strahlte. »Na, dann kommen Sie mal mit, junges Fräulein. Ich zeige Ihnen erst einmal das Zimmer«, sagte Marga. »Und du wolltest doch zum Pilates gehen?«, erinnerte sie Gudrun.

Eilig verließ Gudrun die Wohnung, und Marga und Susanna Albar gingen in Gustavs Zimmer. Susanna zog die Nase kraus, als sie ins Zimmer trat. Schnell öffnete Marga ein Fenster und entschuldigte sich wegen des muffigen Geruchs.

»Riecht nach altem Mann, gelle? Nichts für Jungmädchennasen, aber wenn die ganzen stinkigen Klamotten erst einmal hier raus sind, dann wird das schon. Wir haben den Gustav ständig gebeten, hier drin nicht zu rauchen, aber der hat sich ja von uns nichts sagen lassen.«

Ein wenig unbehaglich standen sie dann noch eine Weile im Zimmer, da klingelte es erneut an der Haustür.

»Ist ja heute wie im Taubenschlag«, murmelte Marga und watschelte zur Tür.

»Wer ist denn da?«, kam Annelises ängstliche Stimme aus der Küche.

»Da müsste ich erst einmal die Türe öffnen«, rief Marga ungehalten. »Eine alte Frau ist ja kein D-Zug«, grummelte sie noch, während sie schon den jungen Mann betrachtete, der vor ihrer Tür stand.

»Mein Name ist Lukas Engel von der Kripo Weimar«, stellte dieser sich vor und zückte seinen Dienstausweis.

»Ich erinnere mich an Sie, junger Mann, aber wir haben doch schon ausgesagt, was wollen Sie denn jetzt noch?«, fragte Marga unfreundlich.

»Na ja, es gibt da schon noch ein, zwei Fragen. Wenn Sie mich hereinlassen würden, dann könnten wir in Ruhe …«

»Warum nicht. Kommen Sie rein, ich mach uns frischen Tee.« Marga drehte sich um und schlurfte zurück in die Küche. »Annelise, da ist dieser junge Mann von der Polizei, und ehe du dich wieder aufregst, legst du dich jetzt in deinem Zimmer ein wenig hin. Ich regle das hier schon.« Mit diesen Worten schob sie Annelise am Kripobeamten vorbei in ihr Zimmer.

»Ihr geht es nicht gut, und alle Fragen, die Sie haben, kann ich Ihnen beantworten. Setzen Sie sich!« Flink räumte sie das Frühstücksgeschirr in die Spüle. Gerade wollte Kriminalkommissar Lukas Engel mit seiner Befragung beginnen, als er von Margas kräftiger Stimme aufgehalten wurde. »Wollen Sie auch einen Tee, junges Fräulein?«, rief sie in den Flur.

»Ja, gerne«, kam es zurück.

Mit immer größer werdenden Augen starrte Lukas Engel die junge Frau an, als diese die Küche betrat. Freundlich reichte sie ihm die Hand, und es dauerte ein paar Sekunden, bevor er sich wieder im Griff hatte. Was hatte sie gesagt, wie sie hieß? Das Blut rauschte laut in seinen Ohren, und zu seinem Schrecken bemerkte er, dass er rot anlief. Schnell drehte er sich von dem feengleichen Wesen weg und fummelte an seiner Aktentasche. Susanna Albar schaute belustigt zu Marga, und die grinste breit zurück.

»Na, junger Mann, dann stellen Sie mal Ihre Fragen«, sagte sie, der Spott in ihrer Stimme war kaum zu überhören. Lukas Engel kramte noch eine Weile in seiner Tasche und versuchte verzweifelt sich zu erinnern, was er fragen wollte, da kam ihm Susanna zu Hilfe.

»Du kannst Sanna zu mir sagen. Und du bist?« Erwartungsvoll schaute sie ihn an.

»Lukas«, stammelte er.

»Lukas, wenn du auch wegen des Zimmers hier bist … Sorry, aber ich war schneller.« Zerknirscht schaute Sanna den großgewachsenen, recht hübschen jungen Mann an. Mit seinen strubbligen braunen Haaren und den hinter einer modischen Brille unsicher dreinblickenden Augen gefiel er ihr richtig gut. Sie stand ja eher auf die schüchternen Typen als auf die Machos, und dieser hier war eindeutig schüchtern. Sie presste die Lippen aufeinander, um nicht kichern zu müssen, und setzte sich dann an den großen Küchentisch. Verärgert über sich selbst schüttelte Lukas Engel den Kopf.

»Ich bin nicht wegen des Zimmers hier, Fräulein Sanna.« Automatisch hatte er die altmodische Anrede von Marga übernommen, nun konnte die junge Frau nicht mehr an sich halten. Sie gluckste albern, schluckte das Lachen aber schnell hinunter, als sie sah, wie Lukas sich beschämt abwendete.

»Eigentlich gefällt mir ›Fräulein Sanna‹ richtig gut«, meinte sie dann und lächelte Lukas aufmunternd zu. Unsicher lächelte er zurück.

»Das ist der junge Mann von der Kripo«, erklärte Marga kurz, dann wandte sie sich ungeduldig an Lukas Engel. »Na, nun fragen Sie endlich, was Sie noch wissen wollen, dann können wir anfangen, Gustavs Zimmer leerzuräumen.« Marga zwinkerte Sanna zu und schob ihr eine Tasse Tee hin.

»O prima, so schnell!« Glücklich nahm Sanna einen großen Schluck Tee und hätte ihn beinahe quer über den Tisch wieder ausgespuckt, konnte sich aber gerade noch beherrschen. Der Tee schmeckte grauselig bitter, und als Marga nicht hinschaute, gab sie Lukas ein Zeichen, den Tee besser nicht zu trinken.

»Vielleicht sollten wir das unter vier Augen besprechen, Frau Maier?« Lukas Engel zückte einen Kugelschreiber und öffnete sein Notizbuch. Neugierig linste Sanna in das Büchlein.

»Das Fräulein Sanna kann ruhig dableiben. Die zieht zwei Tage nach Gustavs Tod in sein Zimmer, da hat sie bestimmt keine Alpträume, wenn sie unser Gespräch mit anhört.«

Der Kripobeamte nickte ergeben. »Also gut. Da Gustav Schütz in einer Situation aufgefunden wurde, die nicht zweifelsfrei erkennen ließ, woran er letztendlich gestorben ist, wurde eine Obduktion angeordnet. Die Ergebnisse dieser Obduktion liegen jetzt vor, und Herr Schütz ist wie angenommen durch den Sturz auf den Badewannenrand gestorben. Allerdings wurden eine erhöhte Konzentration eines Herzmedikamentes und die Einnahme eines Abführmittels bei ihm festgestellt, diese Kombination könnte zu Herzrhythmusstörungen geführt haben. Wahrscheinlich ist ihm schwindelig geworden, und dabei ist er mit dem Kopf auf die Wanne gefallen und hat sich diese stark blutende Risswunde zugezogen.«

Bei der Erinnerung an die gestrige Leichenschau wurde ihm

wieder ganz flau im Magen. Zwar interessierte er sich für die Rechtsmedizin, aber eine Obduktion war doch recht nervenaufreibend. Bei einer Obduktion muss neben den beiden Rechtsmedizinern und dem Präparator auch immer ein Vertreter des Gesetzes anwesend sein, diese Aufgabe war an ihn gefallen. Vor zwei Tagen hatte er Spätdienst, als die Meldung vom Tod des alten Mannes an ihn weitergeleitet wurde. Das Bild, wie der alte Mann mit heruntergelassener Hose in einer Blutlache auf dem Badezimmerboden gelegen hatte, würde er so schnell wohl nicht vergessen. Da noch keine Leichenstarre und keine Leichenflecken aufgetreten waren, hatte der herbeigerufene Notarzt mit der Reanimation begonnen. Eine halbe Stunde später war Gustav Schütz für tot erklärt worden. Aufgrund der dramatischen Auffindesituation des Leichnams hatte Lukas Engel sich dafür entschieden, die Jenaer Rechtsmedizinerin hinzuzuziehen. Frau Dr. Katja Blume hatte rektal die Körpertemperatur gemessen, geschaut, ob der Leichnam auf einer Fußbodenheizung lag, sich die Raumtemperatur notiert und natürlich alles fotografiert. All diese Angaben würden sie unter anderem den Todeszeitpunkt eingrenzen lassen können und Rückschlüsse auf die Todesart geben.

Die drei alten Damen hatten währenddessen völlig schockiert in der Küche gesessen. Sie hatten ihm stockend erzählt, dass sie Gustav Schütz im Badezimmer liegend vorgefunden hatten, als sie vom gemeinsamen Theaterbesuch nach Hause gekommen waren. Gustav hatte nicht mitkommen wollen, da es ihm nicht besonders gut gegangen war. Viel mehr war aus den alten Damen nicht herauszuholen gewesen. Schließlich hatte Lukas sich verabschiedet und die weitere Befragung auf später verschoben.

»Gustav ist aber nicht an Herzversagen gestorben, sondern wegen dem Sturz auf die Badewanne?«, fragte Marga trotzig. »Dann war es doch ein Unfall!«, herausfordernd schaute sie den Kripobeamten an.

»Das ist noch nicht zweifelsfrei erwiesen. Erst müssen wir noch ermitteln, warum Herr Schütz eine Überdosis Digitalis und ein Abführmittel im Körper hatte.«

»Der Gustav hat ja so Tabletten für sein Herz genommen, aber ich glaube, nicht regelmäßig«, sagte Marga bockig.

»Und das Abführmittel, hat er das regelmäßig genommen?«, fragte Lukas Engel nach.

»Also, das weiß ich jetzt wirklich nicht. Wir sind hier eine Wohn- und keine Ehegemeinschaft. Was für Toilettengewohnheiten der Gustav hatte, kann ich Ihnen beim besten Willen nicht sagen.« Aufgebracht wischte Marga einige Krümel vom Tisch und ließ diese dann in ihrer kanariengelben Kittelschürzentasche verschwinden. Wenn er sich nur nicht an ihren Abführtabletten vergriffen hätte! Dann hätte er vielleicht nur ein bisschen Herzkasper bekommen. Aber nein, der Herr musste ja in ihren Sachen rumwühlen, dachte sie wütend. Sie wusste ganz genau, dass ihr Abführmittel immer auf ihrem Nachtschränkchen lag, und seit Gustavs Tod vermisste sie die Packung.

Nachdenklich wischte Marga auf dem Küchentisch herum. Gustav musste also in ihrem Zimmer gewesen sein, diese Erkenntnis traf sie völlig unerwartet. Mit einem empörten Schnaufen warf sie sich auf dem Küchenstuhl zurück und verschränkte die Arme vor der Brust.

»Vielleicht hat eine der anderen Damen etwas beobachtet?« So schnell gab der junge Kripobeamte dieses Mal nicht auf.

»Nein, ganz bestimmt nicht! Fragen Sie doch seinen Arzt, den Doktor Riebeck, der müsste so was doch wissen«, brauste Marga nun auf.

Lukas ließ das Thema erst einmal ruhen, stattdessen wollte er noch einmal den genauen Ablauf des Abends geschildert bekommen. Marga zog die Stirn kraus, seufzte tief und schaute zur Tür.

»Also, wir sind so gegen sieben Uhr hier gestartet und waren um halb acht im Theater. Die Vorstellung ging bis zehn Uhr, dann haben wir noch einen Sekt im Foyer getrunken, und so gegen halb elf müssten wir zu Hause gewesen sein.«

»War an diesem Abend etwas anders als sonst? Sie sagten, dem Herrn Schütz sei es nicht gut gegangen?«

»Ach, der Gustav hatte immer irgendetwas, wir haben das nicht so ernst genommen. Konnte ja keiner ahnen«, fahrig wischte Marga sich mit dem Handrücken über den Mund.

»Haben Sie alle sich gut mit Ihrem Mitbewohner verstanden, oder gab es da Schwierigkeiten? Hatte vielleicht eine von Ihnen eine intime Beziehung mit Herrn Schütz?«

Marga schnappte nach Luft, und Lukas Engel nahm schnell einen Schluck Tee, bevor der Sturm losbrach, doch Marga hatte sich schnell wieder im Griff. Lukas würgte ein wenig vom bitteren Tee und erhaschte Sannas mitleidigen Blick. Sie hatte ihn gewarnt.

»Gudrun hat den Gustav im Internet kennengelernt, auf so einer Kontaktbörse. Zuerst haben wir ja gedacht, aus den beiden wird ein Paar. Aber als Gustav dann bei uns eingezogen ist, natürlich in ein eigenes Zimmer, haben wir schnell gemerkt, dass das nichts wird.« Angewidert rührte Marga in ihrem Tee, ob ihr Gesichtsausdruck dem Tee oder Gustav Schütz galt, konnte Lukas Engel nicht erkennen.

»Und wie war Ihr Verhältnis zu Gustav Schütz?«, fragte er deshalb lieber noch einmal nach.

»Wir hatten kein Verhältnis«, sagte Marga barsch.

»Nein, was ich meine, wie verstanden Sie sich mit ihm?«

»Ich weiß schon, was Sie meinen, junger Mann, aber ich hatte mit Gustav nicht viel am Hut. Viel zu geschniegelt war der, und alles wusste er besser. Ich hab mich nicht weiter um ihn gekümmert.« Die Arme vor der üppigen Brust verschränkend, lehnte sich Marga im Stuhl zurück. Für sie war das Gespräch offenbar beendet.

»Wenn Sie gestatten, dann würde ich gerne noch einen Blick in Herrn Schütz' Zimmer werfen«, sagte Lukas Engel schnell.

»Dann können Sie sich gleich ein wenig nützlich machen und Fräulein Sanna helfen, die Sachen von Gustav in Kartons zu packen. Wir räumen das Zeug erst einmal in den Keller.« Mit sich sehr zufrieden nickte Marga und schob den verblüfften Kripobeamten aus der Küche in Gustavs Zimmer.

»Also eigentlich …«, versuchte Lukas Engel klarzustellen, dass er nicht als Umzugshelfer hier war, als sein Blick auf Susanna Albar fiel. Sie lächelte ihn an.

Die nächsten zwei Stunden wühlte er sich durch Gustav Schütz' Habseligkeiten. Später schleppte er auch noch die Kartons in den Keller und bekam zum Dank von Marga noch einen Tee angeboten, den er schleunigst ablehnte. Auch Sannas Angebot, ihn zum Essen in die Mensa einzuladen, schlug er schweren Herzens aus, schließlich konnte er nicht den ganzen Tag hier vertrödeln. Zum Abschied allerdings bekam er von Sanna einen unverhofften, zärtlichen Kuss auf die Wange, der ihn auf mehr hoffen ließ.

3. Kapitel

In der Dienststelle der Kripo Weimar erwartete man Lukas Engel ungeduldig.

»Sag mal, wo bist du denn versackt?«, fragte Kriminalhauptkommissarin Veronika Vogel schlechtgelaunt.

»Sorry, aber ich wurde bei den alten Damen aufgehalten, die ich befragen sollte.« Dass er praktisch das komplette Zimmer von Gustav Schütz ausgeräumt hatte, wollte er natürlich nicht zugeben, aber eine verräterische Röte überzog sein Gesicht. Seine Kollegin kannte ihn gut genug, um zu wissen, dass er flunkerte. Kichernd haute sie ihm ihre Hand auf die Schulter und meinte: »Haben die alten Damen dich noch zum Müllraustragen gezwungen?«

»So ähnlich«, gab Lukas Engel mit unsicherem Lächeln zu und war wieder einmal verblüfft, was für eine Intuition seine Kollegin hatte.

»Dich kann man wirklich nicht allein losschicken, du mit deinem Helfersyndrom.« Beinahe hätte sie ihm über seine Strubbelfrisur gestreichelt, konnte ihre Hand aber gerade noch rechtzeitig wegziehen. Immer dieses Mutti-Gehabe, schalt sie sich im Stillen. Mit ihren fünfundfünfzig Jahren fühlte sie sich zwar noch nicht alt, aber bei ihrem jungen Kollegen hatte sie vom ersten Tag ihrer Zusammenarbeit an das Gefühl gehabt, ihn beschützen zu müssen. Mit seinen gerade einmal siebenundzwanzig Jahren hätte er gut ihr Sohn sein können, und seine Augen schauten auch immer ein wenig unsicher hinter seiner Brille hervor.

»Hast du denn wenigstens etwas Neues erfahren?«, fragte sie nun barscher als gewollt.

»Den Namen seines Hausarztes, ein gewisser Doktor Riebeck. Ich würde da nachher gleich einmal vorbeigehen. Außerdem habe ich nur eine der Damen sprechen können, ich will es später noch mal dort versuchen.« Lukas Engel zog es allerdings nicht wegen der drei alten Damen noch einmal in die Senioren-WG, er hatte es eher auf ein Wiedersehen mit »Fräulein Sanna« abgesehen.

»Na, da komm ich dieses Mal wohl besser mit«, meinte Veronika Vogel feixend.

Am Nachmittag saßen die beiden Beamten im Sprechzimmer von Doktor Riebeck. Kriminalhauptkommissarin Veronika Vogel hatte sich gleich auf die Zeitschriftenauslage gestürzt und hoffte beim Durchblättern des neuesten Klatsches und Tratsches, dass der Doktor noch ein Weilchen beschäftigt sein würde.

Gerade las sie von Heidi Klums neuer Beziehung, als Doktor Riebeck persönlich ins Wartezimmer kam, um sie hereinzubitten. Kurz überlegte Veronika Vogel, die Zeitschrift einfach mitzunehmen, legte sie dann jedoch widerstrebend auf den Stapel zurück und folgte dem Arzt. Die Krankenakte von Gustav Schütz war schnell gefunden. Doktor Riebeck bestätigte, dass Schütz seit einigen Monaten unter Herzrhythmusstörungen gelitten hatte. Er hatte ihm Digitalis-Tabletten in einer geringen Dosierung verordnet. So weit war ja dann wohl alles in Ordnung. Auf Lukas' Nachfragen nach dem Abführmittel, runzelte der Arzt seine Stirn.

»Das wäre keine besonders gute Kombination«, meinte er kopfschüttelnd. »Aber Herr Schütz hätte von mir auch kein solches Präparat verschrieben bekommen.«

»Haben Sie Herrn Schütz denn darauf hingewiesen, dass er keine Abführmittel zusammen mit den Herztabletten nehmen darf?«, fragte Lukas nach.

»Natürlich, was denken Sie denn?«, brauste der Doktor auf. »Aber manche Patienten hören einfach nicht zu oder wissen eben alles besser.«

»Gehörte Herr Schütz denn zu dieser Art von Patienten?«

»Soweit ich mich erinnere, war er recht eigensinnig. Zuerst hat er die Tabletten unregelmäßig genommen, und wenn es ihm gut ging, dann hat er sie auch schon einmal eigenmächtig abgesetzt.« Doktor Riebeck nahm seine Brille ab und rieb sich die müden Augen.

»Könnte es denn sein, dass Gustav Schütz bei Beschwerden einfach eine höhere Dosis genommen hat?« Veronika Vogel blickte den Arzt gespannt an.

»Zuzutrauen wäre es ihm. Also, ich meine, wäre es gewesen. Also, was ich sagen will, ist, dass der Patient durchaus nicht zu der disziplinierten Sorte gezählt hat. Ich habe ihn zwar über die Risiken einer unsachgemäßen Dosierung aufgeklärt, aber wie gesagt: Manche wissen einfach alles besser!« Erschöpft lehnte der Arzt sich im Stuhl zurück. »Wissen Sie eigentlich, dass die häufigste Todesursache bei alten Menschen die unsachgemäße Einnahme von Medikamenten ist? Da wird schon mal die eine oder andere Pille vergessen und dann eben kurzerhand die doppelte Menge eingenommen. Traurig, aber wahr.«

Die Beamten nickten nachdenklich und verabschiedeten sich, fürs Erste hatten sie genug erfahren. Veronika Vogel warf noch einen letzten sehnsuchtsvollen Blick zurück ins Wartezimmer. Lukas bemerkte es und zog seine Kollegin lachend aus der Tür.

»Komm, du sensationslüsternes Groupie, man sollte doch denken, dass du genug Nervenkitzel in deinem Beruf hast.«

»Das ist doch ganz etwas anderes. Ich will einfach nur auf dem neuesten Stand der Dinge sein, und da gehört nun mal auch die Promiwelt dazu«, maulte Veronika Vogel und folgte Lukas aus der Praxis zurück zur Dienststelle.

Die alten Damen wollten sie heute nicht mehr belästigen, beschlossen sie, mussten doch noch die Berichte geschrieben und ein Fall von schwerer Körperverletzung begutachtet werden. Gegen fünf Uhr machten sie pünktlich Feierabend. Veronika Vogel würde sich erst einmal eine schöne heiße Badewanne einlassen, Lukas Engel träumte vom ersten Date mit seinem Fräulein Sanna.

Es war Freitagabend, ob er sie gleich heute anrufen und darum bitten konnte, oder sah das zu verzweifelt aus? Aber schließlich hatte sie ihn geküsst, das hatte doch sicher etwas zu bedeuten.

Susanna Albar richtete sich derweil in Gustav Schütz' Zimmer ein. Wenn sie gewusst hätte, in welche Seelenqualen sie den jungen Kriminalbeamten versetzt hatte, dann würde sie ihn bestimmt auf ein Bier eingeladen haben, aber dieser Gedanke kam ihr nicht. Sie fand den Kommissar, wie sie ihn im Stillen nannte, ganz süß, aber so schnell stand ihr Herz nicht in Flammen. Nachdem das Zimmer von Gustav Schütz leergeräumt war, hatte sie noch am selben Nachmittag ihre paar Habseligkeiten in die Alten-WG gebracht. Gustavs Möbel würde sie vorerst behalten, bis sie sich etwas Neues leisten konnte.

Neugierig ging sie durch die große Wohnung, schaute in die leere Küche und klopfte schließlich zaghaft an einer Tür. Ein dünnes Stimmchen rief sie herein. Wie eine kleine Maus saß die alte Dame in eine dicke Decke eingemummelt in einem riesigen Ohrensessel. Sie hatte den Schock über den Tod ihres Mitbewohners offensichtlich noch nicht wirklich überwunden. Sanna setzte sich ihr gegenüber auf ein kleines rotes Sofa. Ein bisschen verhuscht die Gute, dachte sie. Sofort schämte sie sich für ihre Gedanken, schließlich war das jetzt eine ihrer Mitbewohnerinnen, und wenn diese nicht zugestimmt hätte, dass sie das Zimmer bekommt, hätte sie wohl weiterhin auf einer Matratze in einem der Studentenzimmer mit drei weiteren Kommilitoninnen schlafen müssen.

»Wir haben uns noch gar nicht richtig vorgestellt«, sagte die Maus. »Ich bin Annelise Wagner, und da wir ja Zimmernachbarn sind, möchte ich dir auch gleich das Du anbieten.«

»Prima, ich bin Susanna Albar, du kannst gerne Sanna zu mir sagen.« Mit einem Strahlen streckte sie Annelise die Hand entgegen. Feierlich drückten sich die Frauen die Hände. »Sag mal, was war der Gustav eigentlich für einer?«, fragte sie.

Annelise zupfte nervös an ihrer Decke, dann verzog sie das Gesicht, als würde ihr etwas weh tun.

»Am Anfang war Gustav sehr nett, er hat überall kleine Reparaturen durchgeführt und sogar einmal für uns gekocht, aber nach einer Weile …« In Gedanken versunken schüttelte die alte Dame den Kopf.

Sanna sah sich im Zimmer um, überall stand Nippes. Bei dem Gedanken, das alles abstauben zu müssen, bekam sie glatt eine Gänsehaut. Sie war eher der spartanische Typ, nur das Nötigste, dann hatte man weniger Arbeit. Sie strich mit der Hand über die Sitzfläche des roten Sofas und zupfte gedankenverloren einige Haare aus dem Stoff.

»Ach, du hast Katzen?«, fragte sie freundlich und schaute sich suchend um.

Ein unterdrücktes Schluchzen ließ sie aufschauen. Annelise drückte sich ein spitzenbesetztes Taschentuch vor den Mund, und große Tränen kullerten ihr übers Gesicht.

»Ich hatte zwei Katzen. Ganz liebe Tiere, die keiner Menschenseele etwas zuleide getan haben«, schluchzte sie.

»Was ist denn passiert?«, fragte Sanna leise.

»Ein Unfall«, keuchte Annelise. »Gustav hat seine Herztabletten überall rumliegen lassen, und da haben wohl die Katzen damit gespielt und einige gefressen.« Die letzten Worte waren nur noch als Flüstern über Annelises Lippen gekommen.

»Also war Gustav schuld, dass deine Katzen gestorben sind?«, wollte Sanna empört wissen. Annelise nickte und schluchzte dann erneut in ihr Taschentuch. Fasziniert betrachtete Sanna das mit feiner Spitze umhäkelte Taschentuch. Noch nie war ihr jemand begegnet, der noch Stofftaschentücher benutzte. Obwohl, ihr Opa hatte immer so riesige, karierte Teile aus seiner Hosentasche gezogen, erinnerte sie sich. »Soll ich dir einen Tee bringen?«, fragte Sanna mitfühlend.

Annelise nickte und beruhigte sich langsam. Schnell schlüpfte Sanna aus dem Zimmer und traf in der Küche auf Marga.

»Ich wollte Annelise einen Tee bringen. Sie hat sich ein bisschen aufgeregt, als ich sie nach ihren Katzen gefragt habe«, erzählte sie Marga schuldbewusst.

»Nee, lass mal, dass mach ich schon. Die Annelise regt sich immer schnell auf, da kannst du nix für.«

Betreten stand Sanna noch eine Weile in der Küche und beobachtete, wie Marga wieder diesen scheußlich bitteren Tee aufbrühte.

»Wollen wir Annelise nicht ein neues Kätzchen besorgen?«, fragte sie.

»Mhm, gar keine schlechte Idee. Ich wollte morgen sowieso aufs Land fahren, da findet sich bestimmt eines.«

Als sie Sannas fragenden Blick bemerkte, setzte sie hinzu:

»Ich komme aus einem Dreihundertseelendorf im Weimarer Land, wir haben da einen großen Vierseithof. Mein Mann und mein ältester Sohn wohnen dort, aber ich hab mich vor drei Jahren aus dem Staub gemacht. Mir wurde die Arbeit zu viel. Ich hab mir in Weimar diese Wohngemeinschaft gesucht und pendele nun immer mal hin und her.«

Ungläubig musterte Sanna die resolute Rentnerin. Das hätte sie Marga gar nicht zugetraut, Mann, Kinder und Hof zu verlassen, um in der Stadt zu leben.

»Erzähl ich dir später einmal genauer«, sagte Marga und bekam einen Hustenanfall, der ihren großen Busen wieder lustig auf und ab wackeln ließ. Sanna reichte ihr schnell ein Glas Wasser, und Marga beruhigte sich wieder. »Jedenfalls ist Kirmes im Dorf. Da könntest du doch eigentlich mitkommen? Annelise nehmen wir auch mit, dann kann sie gleich nach ein paar Kätzchen Ausschau halten. Jetzt müssen wir nur noch jemanden finden, der uns fährt.«

Sanna überlegte kurz und nickte dann. Marga hatte ihr Zögern bemerkt und interpretierte es völlig falsch. Mit einem lauten Schnauben sagte sie trotzig:

»Nur weil der Gustav tot ist, bleib ich nicht in der Bude hocken und tu so, als ob ich trauere. Gustav war kein netter Mann, und die Kirmes werd ich mir wegen dem nicht entgehen lassen. Basta!«

Sanna nickte erschrocken. Als der Teekessel pfiff, verschwand sie schnell in ihrem Zimmer, ehe sie noch eine Tasse davon angeboten bekam. Sie legte sich in ihr Bett, verschränkte die Arme hinter dem Kopf und konnte ihr Glück noch gar nicht fassen. Wenn sie dieses Zimmer nicht bekommen hätte, schliefe sie heute noch auf der Luftmatratze im Studentenzimmer. Nach Hause zu ihren Eltern wollte sie auf keinen Fall mehr. Die ständigen Bevormundungen und Gängeleien waren ihr endgültig zu viel geworden, schließlich war sie mit ihren dreiundzwanzig Jahren kein Kind mehr, dem man alles vorschreiben konnte.

Ein wenig gruselig war ihr zwar schon gewesen, als sie die Männer den Blechsarg aus dem Haus hatte tragen sehen. Aber nachdem sie eine Nacht darüber geschlafen hatte, stand ihr Entschluss fest: Sie würde sich um das Zimmer bemühen. Sie kannte die Senioren-WG, da einer ihrer Studienfreunde über den alten Leuten wohnte. Ein wenig pietätlos war sie sich dann schon vorgekommen, als sie vor den verdutzten Damen gestanden und ihr Anliegen vorgetragen hatte, aber sonst hätte ihr bestimmt jemand das Zimmer vor der Nase weggeschnappt.

Dass sie dann auch noch praktisch sofort einziehen konnte, war ein Glücksfall. Sie hatte nur zwei Koffer quer durch Weimar zerren müssen. Ihre restlichen Sachen vermisste sie nicht. Die Möbel in ihrem alten Kinderzimmer konnten bleiben, wo sie waren, sie würde erst einmal mit Gustavs Möbeln auskommen. Einen Job als Tutor, als studentische Hilfskraft, hatte sie an der Uni ergattern können, so dass sie sich selbst bald zumindest ein neues Bett würde kaufen können.

Und wie von selbst glitten ihre Gedanken zu dem netten jungen Kriminalkommissar ab. Vielleicht sollte sie ihn fragen, ob er sie zur Kirmes fahren könne, da hätte sie dann zwei Fliegen mit einer Klappe erlegt; sie könnte die Damen zur Kirmes begleiten und hätte auch noch einen süßen Mann an ihrer Seite. Schmunzelnd stellte sie sich Lukas Engel und die alten Damen gemeinsam im Auto vor. Sie blickte zur Zimmerdecke und lauschte den Geräuschen ihres neuen Zuhauses. Ein wenig seltsam waren die drei Alten schon, dachte sie noch und gähnte herzhaft, dann fielen ihr die Augen zu.

4. Kapitel

Endlich! Pünktlich um neunzehn Uhr stand Lukas Engel vor der Tür der Senioren-WG und klingelte ungeduldig. Er hatte es gar nicht richtig glauben können, aber Sanna war sofort mit einem Date einverstanden gewesen. Sie hatte gekichert und ihn für heute mit seinem Auto herbestellt. Vielleicht wollte sie in ein romantisches Restaurant fahren oder mit ihm im Auto rummachen? Na gut, Letzteres war wohl eher unwahrscheinlich, gestand er sich ein, aber man durfte ja träumen.

Endlich öffnete Sanna die Tür und begrüßte ihn mit einem Kuss auf die Wange. Hübsch sah sie aus, in ihren engen Jeans und der durchsichtigen Bluse darüber. Ihre Haare hatte sie zu einem locker geflochtenen Zopf gebunden, ein wenig geschminkt hatte sie sich auch, bemerkte er mit männlichem Stolz. Schließlich hatte sie sich für ihn so aufgebrezelt. Marga Maier schaute aus der Küchentür und winkte ihm zu.

»Wir kommen gleich«, rief sie.

Lukas schaute Sanna fragend an. »Wieso …?«

»Wir fahren alle aufs Dorf zur Zeltkirmes. Das wollte ich schon immer mal machen«, sagte Sanna schnell und blickte ihn aufgeregt an.

»Ja, ich auch«, quetschte Lukas heraus. Dann räusperte er sich ausgiebig. »Aber müssen wir dazu die komplette Alten-WG mitnehmen? Oder brauchst du eine Anstandsdame?«, versuchte er witzig zu sein.

»Nee, Gudrun kommt nicht mit, die hat es nicht so mit dem Dorf. Nur Annelise und Marga.«

»Ach so«, brummte Lukas resigniert. Ein Date mit drei Frauen, wer konnte da schon mithalten! Dumm nur, dass zwei davon seine Omas sein könnten. Egal, er gab sich einen Ruck, schließlich war Susanna auch dabei, und nur das zählte. Wenn es sie glücklich machte, dann chauffierte er die Damen eben zur Kirmes aufs Land.

Sanna hatte ihn bei seinen Grübeleien beobachtet und seinen mürrischen, dann schief lächelnden Gesichtsausdruck skeptisch betrachtet. Nun atmete sie erleichtert aus, nicht jeder Mann hätte dieses etwas seltsame erste Date so gut weggesteckt wie ihr Kommissar.

Auf der Fahrt ging es turbulent im Wageninneren zu. Annelise quasselte aufgeregt über ihre neuen Katzenbabys, die sie bald in die Arme schließen könne, und Marga erzählte von ihrem früheren Leben im Dorf. Sie redeten gleichzeitig, aber das schien keine der beiden zu stören. Sanna blickte abwechselnd zu Annelise, nickte ihr zu, und dann wieder zu Marga und versuchte, ihrer Geschichte zu folgen.

»Scheidung kam für mich nicht infrage«, sagte Marga gerade. »Zuerst wollte ich mir nur ein kleines Zimmer in der Stadt suchen, um ab und zu ein paar Tage meine Ruhe zu haben, aber dann hab ich die Mädels kennengelernt.«

Bei dem Wort Mädels grinste Sanna Lukas an.

»Wissen Sie, Fräulein Sanna, alle haben sich immer auf mich verlassen, aber wenn es mir einmal nicht gut ging, dann brach das absolute Chaos aus. Keiner hatte Zeit oder Lust, all die Dinge wie Einkaufen, Saubermachen, Hühner, Gänse und Schweine versorgen, Gartenarbeit und natürlich Enkel hüten zu übernehmen. Irgendwann hat es mir gereicht. Jetzt komme und helfe ich nur noch, wenn es mir passt und heute wird gefeiert, basta!«

Die Damen nickten freudig, und auch Lukas hatte sich in sein Schicksal ergeben und lächelte.

»Wieso ist eigentlich erst jetzt Kirmes? Ich dachte, das ist so eine Art Erntedankfest, immerhin haben wir jetzt schon Ende Oktober?«, fragte er, um nicht stumm wie ein Fisch neben den Frauen zu hocken.

»Die Kirmes bedeutet Kirchweihmesse. Und da unsere Kirche im Oktober ihre Weihe hatte, feiern wir eben etwas später«, antwortete Marga lächelnd. »Freitag und Samstag gibt es Tanz im Festzelt, am Sonntag ist Kirchweihgottesdienst und anschließend der Kindertanz.« Aufgeregt klatschte Sanna in die Hände und rutschte unruhig auf ihrem Sitz. Offensichtlich konnte sie es kaum noch erwarten, im Dorf anzukommen.

Gudrun, die allein in der Senioren-WG geblieben war, kuschelte sich in der Zwischenzeit auf das große Sofa in ihrem Zimmer, stopfte Kissen um sich herum und öffnete ihren Laptop. Endlich konnte sie wieder einmal ungestört surfen. Natürlich würde sie die Dating-Seiten nicht anrühren, ihr Bedarf an Männern wie Gustav Schütz war gründlich gedeckt. Eine halbe Stunde schaute sie sich bei Ikea um, da Marga demnächst Geburtstag hatte und sich einen kleinen runden Teppich für ihr Zimmer wünschte. Weitere zwanzig Minuten verbrachte sie mit dem Vergleichen von Urlaubsangeboten nach Mallorca, und wie ferngesteuert klimperten ihre Finger dann doch wieder die Adresse zur Dating-Plattform ein. Ärgerlich wollte sie die Seite gerade schließen, da klingelte es an der Haustür.

Ertappt zuckte Gudrun zusammen. Schnell klappte sie den Laptop zu und eilte zur Tür. Ein älterer, etwas heruntergekommener, kräftiger Mann stand vor ihr und grinste sie frech an. Gudrun musste sich beherrschen, um nicht auf die schlechten Zähne in seinem Mund zu gaffen, bräunlich verfärbt waren diese, ein

Schneidezahn fehlte ganz. Sie schluckte und fragte dann höflich nach seinem Begehren.

»Ich bin dem Gustav sein Bruder und wollte seine Sachen abholen«, sagte der Fremde und musterte Gudrun dabei lüstern.

Widerstrebend trat sie einen Schritt zurück. Offenbar verstand der Fremde dies als Aufforderung, die Wohnung zu betreten. Ehe sie reagieren konnte, drängelte er sich an ihr vorbei in den Flur.

»Einen Moment mal, bitte«, rief sie und hastete dem Mann hinterher. Erst in der Küche holte sie ihn ein. »Können Sie mir denn einen Erbschein oder ein anderes Dokument zeigen, das beweist, dass sie seine Sachen abholen dürfen?«, fragte sie etwas lauter als beabsichtigt.

Erstaunt drehte der Fremde sich um und musterte sie abschätzig.

»Der Gustav hat mir schon von seinen drei Weibern erzählt, aber ich hab gedacht, hier wohnen nur alte Schachteln. Du bist ja noch ganz knackig, jetzt weiß ich auch, warum er hier eingezogen ist.« Verschwörerisch zwinkerte er ihr zu und ignorierte ihre Frage.

Gudrun schnappte nach Luft, so eine Frechheit, schimpfte sie innerlich. Was bildete dieser Kerl sich ein, und wie bekam sie ihn schnellstmöglich wieder aus der Wohnung?

»Wenn Sie kein Dokument haben, dann muss ich Sie bitten zu gehen«, versuchte sie es halbherzig.

»Bring ich dir das nächste Mal vorbei. Jetzt wollte ich nur mal schauen, wie viel Plunder der Gustav hat und was davon auf den Sperrmüll kann. Welches Zimmer?«, wollte er wissen und öffnete bereits die erste Tür.

»Das ist mein Zimmer«, kreischte Gudrun beinahe und griff nach der Türklinke. »Dort.« Mit einem Kopfnicken zeigte sie zur nächsten Tür. »Wir haben das Zimmer schon wieder untervermietet. Sie können dort also nicht rein.«

Wieder ignorierte der Fremde ihre Worte und riss die Tür zu Gustavs ehemaligem Zimmer auf.

»Ihr seid ja von der ganz schnellen Truppe, he? Gustav ist noch nicht mal unter der Erde«, lachte er und betrat das Zimmer.

Schnell schloss Gudrun ihre eigene Tür ab, steckte den Schlüssel in ihre Jogginghose, dann flitzte sie dem Mann hinterher, der bereits im Zimmer verschwunden war.

»Hier liegt ja nur Weiberkram rum«, maulte der Fremde und hob blöde geifernd einen BH vom Boden auf. Er schnüffelte daran.

Gudrun blieb wieder die Luft weg. Wie eine Furie schoss sie auf diesen Perversen zu und riss ihm den BH aus den Händen. Lachend hob er beide Hände und trat einen Schritt zurück.

»Ganz schön Pfeffer im Arsch, was? Gefällt mir bei einem Weib.«

Gudrun war auf hundertachtzig.

»Sie sehen ja, dass Gustavs Sachen nicht mehr hier sind. Wir haben alles in den Keller gebracht. Die Möbel würde unsere Nachmieterin übernehmen, da brauchen Sie den Sperrmüll nicht kommen zu lassen. Viel Wert sind die Sachen ja eh nicht.« Demonstrativ hielt sie ihm die Tür auf.

»Alles klar, Lady, ich geh ja schon. Aber die Sachen im Keller müsste ich schon noch kurz sehen. Nur damit ich weiß, ob alles in mein Auto passt oder ich einen Transporter besorgen muss.«

Genervt fixierte Gudrun den Mann, dann nickte sie resigniert. Sie wollte diesen ungehobelten Klotz so schnell wie möglich aus der Wohnung bekommen, dann ließ sie ihn eben noch kurz in den Keller schauen. Es war zwar alles in Kisten und Säcken verpackt, aber wenn sie ihn damit loswürde … Sie nickte knapp, dann folgte der Fremde ihr brav aus der Wohnung in den Keller.

Da im Moment nur wenige Bewohner des Mietshauses daheim waren, begegnete ihnen niemand. Die jungen Leute aus der

WG über ihnen waren übers Wochenende nach Hause gefahren, und das oberste Stockwerk wurde nach einem Wasserschaden gerade renoviert. Vergeblich hoffte Gudrun, im Treppenhaus einen Nachbarn zu treffen, den sie bitten konnte, mit in den Keller zu gehen. Hoffentlich würde dieser Kerl nicht zudringlich werden. Energisch umschloss sie ihren Schlüsselbund mit der Hand und ließ, so wie sie es im Fernsehen gesehen hatte, einen Schlüssel zwischen ihren Fingern herausschauen.

Als sie den Lichtschalter für die Kellertreppe drückte, passierte gar nichts. Siedendheiß fiel ihr ein, dass die Lampe schon ein paar Tage kaputt war. Vorsichtig tastete sie sich die Treppe hinunter und fummelte ungeschickt am Kellerschloss herum. Ihre Nackenhaare stellten sich auf, und wieder spürte sie die abschätzenden Blicke des fremden Mannes hinter sich. Sekundenlang versuchte sie, den Schlüssel ins Schloss zu bekommen, aber ihre Hände zitterten mittlerweile heftig.

Plötzlich griff der Mann nach dem Schlüssel und wandte ihn Gudrun aus den kalten Fingern. Wortlos, aber mit einem anzüglichen Grinsen im Gesicht öffnete er das Schloss. Schnell machte Gudrun das Licht im Keller an und trat dann einen Schritt zurück.

»Ein paar Kisten und die Säcke mit Gustavs Kleidung stehen da drüben«, krächzte sie leise und zeigte auf die Kellerwand gegenüber, an der die Sachen von Gustav Schütz standen. »Wenn Sie die Kleidung in die Kleidertonne werfen, dann passt der Rest sicher in Ihr Auto«, murmelte sie und hoffte, dass der Fremde nun endlich ginge.

»Isch aabe gar kein Auto«, äffte dieser mit italienischem Akzent nach.

Verständnislos starrte Gudrun ihn an.

»Habt ihr seine Sachen kontrolliert und irgendwas von Wert gefunden?«, fragte der Fremde lauernd.

Gudrun schoss eine Hitzewelle durch den Körper, Schweiß bildete sich überall.

»Wir haben die Sachen nur zusammengepackt und hier verstaut.«

Der Blick des Mannes klebte plötzlich an ihrer durchweichten Bluse. Ihr wurde unwohl, sie trat einen Schritt zurück und hielt sich an der Tür fest. Plötzlich schoss der Fremde auf sie zu und packte sie. Erschrocken keuchte Gudrun auf, dann schloss sich eine raue Hand um ihren Hals. Verzweifelt langte sie nach der Hand. Mit allen Kräften versuchte sie, ihren Hals zu befreien, doch der Mann war stärker. Nur Sekunden später brach Gudrun ohnmächtig zusammen.

Sie wachte mit einem leisen Stöhnen auf und bekam sofort einen Hustenanfall. Ihre Hände berührten ihren wunden Hals, und ihr Blick huschte tränenverhangen durch den Raum. War sie allein?

Ein Rumpeln im hinteren Teil des Kellers ließ sie zusammenzucken. Gudrun blinzelte und schaute unter halbgeschlossenen Liedern auf den Rücken des Fremden. Dieser wühlte tief in den Kisten, die Gustavs Habseligkeiten enthielten. Der größte Teil der Sachen lag verstreut auf dem Kellerboden. Mit einem Fluchen richtete der Mann sich plötzlich auf.

Gudrun kniff die Augen wieder zu und atmete ganz flach. Vielleicht ließ der Fremde sie ja in Ruhe, wenn sie so tat, als wäre sie noch ohnmächtig.

Doch schon griffen wieder diese groben Hände nach ihr und zerrten sie an den Haaren in eine sitzende Position. Gudrun schluchzte verzweifelt auf. Das Gesicht ihres Peinigers schob sich ganz dicht vor ihr Gesicht, so dass sich ihre Nasen beinahe berührten.

»Hör zu, Weib, ich frag das jetzt nur einmal: Wo ist das Geld?«

Panisch stierte Gudrun auf die braunverfärbten Zähne. Wütend zerrte der Fremde an ihren Haaren und knallte ihren Schädel an die Kellerwand. Völlig verstört verdrehte Gudrun die Augen und wollte wieder abgleiten in die Ruhe einer Ohnmacht, aber dieses Mal klappte es nicht. Der Mann schüttelte sie wütend und gab ihr eine schallende Ohrfeige.

Gudrun schluchzte auf und krächzte durch ihren wunden Hals: »Kein Geld, weiß nix«, dann begann sie hemmungslos zu heulen.

»Halt's Maul und hör mir zu! Ich hab hier alles durchsucht, irgendwo muss Gustav das Geld ja versteckt haben. Ihr sucht das Geld, und ich komme wieder und hole es ab. Keine Bullen und zu niemandem ein Wort, sonst nehme ich mir eine nach der anderen von euch vor. Du hast ja schon mitbekommen, dass ich nicht bluffe.« Böse gluckernd quetschte er Gudruns Gesicht mit seiner Hand und wartete auf eine Reaktion.

Sie nickte völlig aufgelöst und betete inbrünstig, dass der Fremde endlich ginge.

»Ihr habt zwei Tage Zeit«, sagte er, Gudrun roch seinen sauren Atem. »Der Gustav hat mir von dir erzählt. Du bist die Alte mit den Nacktfotos.«

Anzüglich musterte er Gudrun und leckte sich über die rissigen Lippen. Kichernd ließ er ihr Gesicht los, und seine Hand schob sich den Hals hinab, bis zum Ansatz ihrer Bluse. Mit der anderen Hand umfasste er plötzlich ihre Brust und drückte schmerzhaft zu. Gudrun bäumte sich auf, aber der Fremde umschloss wieder ihren Hals und würgte sie erneut. Als ob er jegliche Kraft aus ihr saugen würde, erschlaffte Gudrun plötzlich unter seinem Griff.

»Wenn du das Geld nicht besorgst, dann komm ich wieder. Ist das klar?« Noch einmal quetschten seine Finger Gudruns schmerzendes Gesicht, dann stampfte er aus der Tür.

Gudrun ließ sich auf den kalten Kellerboden gleiten und schloss die Augen. Endlich allein.

5. Kapitel

Sanna amüsierte sich prächtig. Was für ein Spektakel, so eine Kirmes. Sie waren gerade noch rechtzeitig gekommen, um beim Einmarsch der Kirmesgesellschaft dabei zu sein. Die jungen Männer in ihren einheitlichen blauen Anzügen und mit den Schiebermützen sahen einfach zum Anbeißen aus, fand sie, und auch die Mädels in ihren schicken kurzen Kleidern ließen so manches Männerherz höherschlagen. Die zwölf Kirmespaare tanzten ausgelassen den Discofox. Alle paar Minuten grölten sie einen Schlachtruf, dann ging ein riesiger Bierschuh reihum, und jeder nahm einen kräftigen Schluck daraus. Die Stimmung war einfach großartig.

Da Lukas nicht mit auf die Tanzfläche wollte, tanzte Sanna völlig ungehemmt mit den Kirmesburschen. Sie würde sich den Abend nicht von einem Tanzmuffel verderben lassen. Immer wenn sie Lukas eifersüchtige Blicke bemerkte, winkte sie ihm lachend zu und forderte ihn auf, zu ihr zu kommen, aber Lukas schmollte. Wenn sie doch einmal eine Pause machte, um sich am Bierwagen etwas zu bestellen, dann war sie von Verehrern umringt. So eine hübsche Neue wurde von den jungen Männern natürlich belagert. Ab und zu setzte sie sich zu Marga und Annelise an den Tisch, aber meistens zog sie kurz darauf der nächste Bursche auf die Tanzfläche.

Lukas war sauer. Da chauffierte er die Weiberschar erst an den Arsch der Welt und dann ließen sie ihn links liegen. Zu den Alten wollte er sich nicht setzen, auch wenn sie ihm immer wieder hektisch zuwinkten, und Sanna kümmerte sich überhaupt nicht um ihn. Was für ein Date soll das denn sein? Zum Rumkutschieren war er gut genug gewesen, aber mehr wollte sie offensichtlich nicht von ihm. Total verarscht kam er sich vor.

Missmutig betrachtete er die Feiernden, suhlte sich in seinem Selbstmitleid und überlegte, wie viele dieser Kirmesbesucher wohl unter Alkoholeinfluss nach Hause fahren würden, als jemand zaghaft an seinem Jackett zupfte. Lukas blickte sich erstaunt um. Sein Blick blieb an einer kleinen, drallen Mittvierzigerin in einem auffälligen Dirndl hängen.

»Darf ich bitten?«, fragte sie lächelnd.

Lukas beäugte sie mit offenem Mund.

»Es ist Damenwahl«, setzte das Dirndl hinterher und griff nach seiner Hand.

Völlig perplex ließ Lukas sich auf die Tanzfläche ziehen. Was dann folgte, sollte Lukas Engel noch lange in seinen Träumen verfolgen. Tanzen war für ihn schon immer die reinste Quälerei gewesen. Ohne jegliches Taktgefühl stolperte er mit dem Dirndl im Arm über die Tanzfläche, bis die kleine resolute Frau das Ruder in die Hand nahm. Sie drückte sich fest an Lukas und schob ihn vor sich her. Die Blicke der anderen Tanzpaare sagten alles. Feixend beobachteten sie das ungleiche Paar, und einige lachten sie offen aus. Lukas merkte zu seinem Leidwesen, dass er auch noch einen roten Kopf bekam, doch seine guten Manieren ließen ihn den Tanz durchstehen. Mit knirschenden Zähnen und einem gequälten Lächeln verabschiedete er sich nach dem Tanz von seiner Tanzpartnerin und flüchtete aus dem Zelt. Keine zehn Pferde würden ihn da mehr hineinbringen.

Nach weiteren zwei Stunden Beine in den Bauch stehen, zeigte er auf seine Uhr, als Sanna zum Luftschnappen kurz das Zelt verließ. Sie schüttelte einfach den Kopf, drehte sich um, warf die Hände im Rhythmus der Musik nach oben und verschwand auf der Tanzfläche. Lukas reichte es jetzt. Er rempelte sich durch die Feiernden hindurch bis zur Tanzfläche, griff Sanna am Arm und zog sie hinter sich her.

»Hey, spinnst du?«, kicherte sie bierselig und kuschelte sich wie eines von Annelises neuen Kätzchen an ihn.

»Wir müssen los«, antwortete er barsch.

»Aber wir können alle bei Marga schlafen. Morgen früh ist doch noch das Kirmesständchen, das will ich auf gar keinen Fall verpassen.« Schmollend sah sie Lukas mit ihren großen blauen Augen an.

»Was denn für ein Ständchen?«, fragte er ungeduldig.

»Na, die ganze Kirmesgesellschaft zieht durchs Dorf und hält an jedem Hof ein kleines Ständchen. Es gibt Häppchen, Kuchen, Gulaschsuppe und natürlich jede Menge zu trinken, bevor man zum nächsten Hof weiterzieht. Komm schon, lass uns dableiben«, bettelte sie.

In diesem Moment wurde Lukas heftig nach hinten gestoßen.

»Lass die Finger von dem Mädel!«, grunzte ein großer, bulliger Kerl. Lukas, der gegen eine Gruppe Jugendlicher geknallt war, rappelte sich auf und hob entschuldigend die Hände zu den aufgebrachten Leuten. Reichlich verschüttetes Bier ließ die Stimmung schnell kippen. Eben noch lustig, starrten ihn nun mehrere Augenpaare wütend an.

»Sorry, aber dieser Lulatsch hier hat mich gestoßen«, versuchte er sie zu beschwichtigen. Das klappte auch, allerdings war nun der Lulatsch so richtig schön wütend.

Noch bevor Lukas sich zu Sanna, die bei dem großen Kerl stand, umgedreht hatte, traf ihn eine Faust ins Gesicht. Überrumpelt ging Lukas zu Boden. Auf den Schlag war er nicht gefasst gewesen, da nutzte ihm auch seine Ausbildung nichts. Sanna blickte erschrocken auf den am Boden liegenden Lukas, wandte sich dann zum triumphierenden Lulatsch und gab ihm eine Ohrfeige.

»Benny, du Arsch!«, schrie sie, dann beugte sie sich zu Lukas hinunter und half ihm auf.

Als er mit Sanna im Arm dem Ausgang zustrebte, konnte er sich, als sie den Lulatsch passierten, ein freches Zwinkern nicht verkneifen. So machte man das, wenn man ein Mädel abschleppen wollte! Frauen wollen sich kümmern, das wusste er jedenfalls, auch wenn er in diesen Genuss nun zum ersten Mal kam. Er stützte sich schwerer als nötig auf Sannas Schulter und hoffte, dass das kleine Rinnsal Blut an seiner Augenbraue nicht gleich versiegte. Den Kollegen würde er natürlich nicht erzählen, wie er zu seinem Veilchen gekommen war, da würde er sich noch etwas ausdenken müssen.

Mit dem Abend versöhnt, da er nun eng an Sanna gepresst und ohne die alten Damen das Fest verlassen konnte, lächelte Lukas heimlich. Vor Sanna spielte er natürlich den zutiefst Gedemütigten und ließ sich immer wieder versichern, wie mutig und vernünftig er reagiert habe.

»Sag mal, kanntest du den Kerl?«, fragte er, als sie bereits im Auto saßen.

Sanna hatte sich entschlossen, mit zurück nach Weimar zu kommen, sie konnte Lukas ja unmöglich allein fahren lassen, nachher würde er noch ohnmächtig werden. Nachdem sie noch schnell den beiden alten Damen Bescheid gesagt hatte, kuschelte sie sich nun in den Beifahrersitz und beobachtete ihren Kommissar lächelnd.

»Das war Margas Enkel Benny. Wenn du nicht die ganze Zeit schmollend in der Ecke gestanden, sondern dich mal zu uns gesetzt hättest, wüsstest du das. Ich glaube, der hat sich Hoffnungen gemacht, dass ich bei ihm übernachte.« Sanna kicherte vor sich hin, und Lukas schaute wütend geradeaus. »Marga wollte, dass wir bei ihr übernachten, da hat mir Benny sein Zimmer angeboten.« Vorsichtig linste sie zu Lukas.

Der saß mit versteinertem Gesicht da, seine Finger krallten sich in das Lenkrad.

»Hey, jetzt entspann dich mal wieder. Auf einen Typen, der schon eifersüchtig ist, obwohl wir noch gar nicht zusammen sind, hab ich echt keinen Bock. Ich mag dich, wirklich.« Sanft legte sie ihm eine Hand auf den Oberschenkel und grinste ihn an.

»Ich mag dich auch, und so ein verrücktes Date hatte ich echt noch nie. Erst kutschiere ich eine Rentnergang zur Kirmes, und dann werd ich auch noch von einem Dorfheini verprügelt. Aber was tut man nicht alles für die Liebe.«

Die letzten Worte hatte er nur genuschelt, aber Sanna hatte sie verstanden und schaute ihn mit großen Augen an. Lukas merkte, dass er rot wurde, und schaute schnell wieder auf die Straße.

Als er Sanna vor ihrer Haustür verabschiedete, kam er sich wieder wie fünfzehn vor. Seine Hände waren schweißnass, er wusste nicht, was er machen sollte. So wie er Sanna einschätzte, kam Sex beim ersten Date wohl noch nicht infrage, also versuchte er wenigstens einen Kuss zu erhaschen, und der wurde ihm überraschenderweise ausgiebig gewährt.

Sanna öffnete die Haustür und hörte ein Schluchzen. Es kam aus dem Keller. Ihr erster Gedanke war, Lukas zurückzuholen, doch als sie die Tür wieder öffnete, sah sie ihn gerade davonfahren. Vorsichtig schlich sie die Kellertreppe hinunter. Das Schluchzen war in ein leises Wimmern übergegangen. Und als wäre das noch nicht gruselig genug, musste sie sich die Stufen im Stockdunklen heruntertasten.

Sie erinnerte sich, dass das Licht schon kaputt gewesen war, als sie Gustavs Sachen hier verstaut hatten. Erst in den Kellerräumen konnte sie Licht machen. Sanna war sich ziemlich sicher, dass das Wimmern aus dem Kellerraum der Damen kam.

»Gudrun?«, fragte sie besorgt. »Ist alles in Ordnung?« Zögerlich lauschte sie in den dunklen Keller und tastete mit einer Hand nach dem Lichtschalter.

Gerade hatte sie den Schalter gefunden, als sie am Bein gepackt wurde. Ihr Kreischen erfüllte den Raum. Instinktiv zog sie den Fuß weg und flüchtete aus dem Keller. Erst auf der Treppe bekam sie ihre Panik in den Griff. Sie stockte und versuchte über das Rauschen in ihren Ohren hinweg die Geräusche aus dem Dunklen zu begreifen. Und dann erkannte sie Gudruns Stimme, die um Hilfe flehte. Vergessen war die Angst.

Sanna eilte zurück in den Keller, schlug kraftvoll auf den Lichtschalter und erschrak erneut. Gudrun lag auf dem Boden, und ihr Gesicht war rot angeschwollen. Auf ihrem Hals waren große lilafarbene Flecken zu sehen. Entsetzt eilte Sanna zu ihr und kniete sich vor sie.

»Was um Gottes willen ist denn passiert?«, fragte sie atemlos.

Gudrun schüttelte nur leicht mit dem Kopf und röchelte.

»Soll ich einen Krankenwagen rufen?«, fragte Sanna hilflos.

»Nein«, krächzte Gudrun. »Marga, Annelise …«, brachte sie noch hervor, dann schüttelte sie ein Hustenanfall.

»Du musst ins Krankenhaus«, versuchte Sanna es noch einmal.

Gudrun schüttelte heftig mit dem Kopf.

»Tee«, krächzte sie und schloss die Augen.

Sie atmete jetzt ruhiger. Sanna griff zum Handy und rief den Rettungswagen.

6. Kapitel

Ganz früh am Sonntagmorgen läutete Margas Handy. Ächzend rollte sie sich auf die Seite und griff nach dem leuchtenden kleinen Ding. Es dauerte noch eine Weile, ehe sie die richtige Taste gefunden hatte, aber als sie hörte, was Sanna ihr erzählte, war sie schlagartig hellwach. Sie schubste Annelise neben sich so heftig an, dass diese fast aus dem Bett gekullert wäre. »Wir kommen!«, versprach sie mit zittriger Stimme.

Als Annelise sie fragend ansah, erzählte sie der Freundin vom Überfall auf Gudrun, und nun wurde auch jene kreidebleich. Bereits eine Stunde später stürmten die beiden alten Damen ins Klinikum Weimar. Mit ihnen kam Benny, der Lulatsch. Er lächelte Sanna an, die sie schon ungeduldig erwartete, und war froh, nicht allein mit den Damen im Wartebereich sitzen zu müssen.

Als sie eine halbe Stunde später zu Gudrun durften, wartete Sanna gemeinsam mit Benny im Flur. Benny machte sich auf die Suche nach einem Getränkeautomaten und kam einige Minuten später mit zwei dampfenden Bechern zurück.

»Bier hatten die nicht«, sagte er und blickte missmutig in seinen Kaffee.

»Musst du nicht noch zurückfahren?«, wollte Sanna wissen.

»Muss ich?«, fragte Benny zurück und zwinkerte ihr zu.

Sanna verdrehte die Augen.

»Was ist denn eigentlich los?«, wollte Benny wissen.

»Keinen blassen Schimmer. Als ich nach Hause kam, lag Gudrun im Keller. Sie sah furchtbar aus, beinahe so, als wäre sie gewürgt worden.«

Nachdenklich schaute Benny sie an.

»Im Keller?«, fragte er nach. »Gibt's da was zu holen?«

»Nee, glaube ich nicht. Da standen nur ein Regal mit Marmeladen und ein paar alte Möbel, als wir die Sachen von Gustav dort untergestellt haben«, meinte Sanna kopfschüttelnd.

»Vielleicht hat der Einbrecher was in den Sachen von diesem Gustav gesucht?«

»Kann ich mir nicht vorstellen«, sagte Sanna. »In den Kartons von Gustav waren nur seine Klamotten und ziemlich viel wertloser Kram. Aber mit einem hast du recht, es waren tatsächlich nur die Kartons und Säcke von Gustav durchwühlt.« Nachdenklich verzog sie den Mund und kaute an ihrer Unterlippe.

»Weißt du eigentlich, dass du einfach zum Anbeißen aussiehst, wenn du so an deiner Lippe knabberst?«, seufzte Benny übertrieben gequält.

Sanna zog die Augenbrauen kurz hoch und würdigte ihn keiner Antwort. Benny zuckte mit den Schultern und meinte dann:

»Vielleicht ein Einbrecher, den sie gestört hat? Oder eine ihrer Internetbekanntschaften ist zudringlich geworden? Die Mädels haben mal so was erwähnt.« Er gluckste und grinste breit. »Verrückt, oder? Ich meine, sind die nicht viel zu alt für diesen Kram?«

»Meinst du mit Kram Liebe oder Sex? Warum sollte man je zu alt dafür sein?«, brauste Sanna empört auf.

»Ja, nee, aber wenn ich mir die Alten beim Sex vorstelle, dann krieg ich echt 'ne Gänsehaut.«

Sanna rollte wieder mit den Augen. »Du bist so ein Kind!«

Während Sanna und Benny auf dem Flur stritten, saßen Annelise und Marga bei Gudrun. Vorsichtig strich Annelise das Laken unter Gudrun glatt.

»Wer zum Teufel war das?«, wollte Marga aufgebracht wissen.

»Er hat gesagt, er wäre Gustavs Bruder, aber das glaube ich nicht«, krächzte Gudrun und wurde von einem Hustenanfall unterbrochen. Marga reichte ihr schnell eine Tasse Tee.

»Und was wollte der von dir?«, fragte sie ungeduldig weiter.

»Geld«, röchelte Gudrun.

»Was für Geld?«

»Von Gustav. Er hat gesagt, wir hätten es, und jetzt will er es haben, sonst passiert uns allen etwas. Mit mir hat er angefangen, damit wir sehen, dass er es ernst meint.«

»Spinnt der, bei uns ist doch gar nichts zu holen. Wie viel?«, fragte Marga.

»Fünfzehntausend«, würgte Gudrun heraus, dann musste sie erneut husten.

Annelise, die die ganze Zeit still neben Gudrun gekauert hatte, legte Marga beruhigend die Hand auf den Arm.

»Woher hat Gustav denn so viel Geld gehabt, und wieso will dieser Fremde das jetzt haben? Wenn das wirklich sein Bruder ist, dann bekommt er das Geld doch sowieso.«

Die Damen blickten sich an. Gudrun räusperte sich vorsichtig, dann begann sie leise zu sprechen:

»Das Geld hat Gustav von mir. Er hat mich seit Monaten erpresst.« Es war, als hätte sie die Worte in einen luftleeren Raum gesagt. Alles stand plötzlich still.

Nach einer gefühlten Ewigkeit japste Marga nach Luft, Annelise griff sich an den Hals. Immer noch starrten sie einander schweigend an.

»Wieso hast du uns das nicht erzählt? Wir hätten dir doch helfen können«, sagte Marga wütend.

Gudrun schüttelte langsam den Kopf.

»So schlimm?«, wollte Annelise wissen.

Gudrun presste die Lippen aufeinander.

»Komm jetzt, raus mit der Sprache! Schlimmer als das hier kann es doch nicht sein?« Marga beugte sich nach vorn und griff Gudruns Hände. »Vielleicht ist es gar nicht so schlimm, und wir …«

»Für mich ist es schlimm, verstehst du?« Gudrun warf sich die Hände vors Gesicht. »Ich schäme mich so.«

Annelise nickte Marga zu und rückte näher an die Freundin heran.

»Aber vor uns brauchst du dich doch nicht zu schämen. Wir haben doch alle irgendwo eine Leiche im Keller, die uns peinlich ist.«

Marga verdrehte die Augen, und Annelise wurde bewusst, was sie da gerade gesagt hatte.

»Ich, ich meine jetzt nicht den Gustav«, stammelte sie und bekam vor Aufregung einen Schluckauf.

»Ich war so blöd, früher. Blöd und naiv!«, platzte es aus Gudrun heraus. »Ich fand keine Anstellung damals. Die großen Bühnen wollten mich nicht, und ich hab einem Kerl vertraut, der mir all die Dinge sagte, die ich hören wollte, und es kam wie es kommen musste.« Gudrun räusperte sich.

Marga reichte ihr erneut eine Tasse Tee. Gudrun nippte langsam an dem lauwarmen Getränk und suchte nach den richtigen Worten.

»Ich habe damals Nacktaufnahmen machen lassen, und irgendwie ist Gustav an die Bilder gekommen und hat mich damit erpresst.« Unsicher blickte sie ihre Freundinnen an.

»Aber das ist doch heutzutage kein Thema mehr«, schnaubte Marga.

»Er hat da auch noch so einen Film gemacht«, hauchte Gudrun. »Ich hab nur einmal mit ihm geschlafen, und da hat er wohl ein Video gemacht.«

Annelise japste auf, und Marga kicherte hysterisch.

»Das ist nicht lustig«, fauchte Gudrun. »Wenn die Bilder und vor allem der Film bekannt werden, dann kann ich mich nirgendwo mehr sehen lassen, versteht ihr? Ich müsste umziehen, das Land verlassen, fort von euch und weg aus Weimar.« Ihre Stimme war immer brüchiger geworden, nun schluchzte sie wieder heftig.

»Beruhige dich, wir halten dicht, und das Geld bekommen wir auch irgendwie zusammen. Jetzt ruh dich erst einmal aus.« Besorgt betrachteten Marga und Annelise ihre völlig in Tränen aufgelöste Freundin. »Wenn es dir wieder besser geht, dann reden wir weiter, ja?«

Gudrun beruhigte sich langsam, nickte erschöpft und schloss die Augen, doch an Schlaf war noch nicht zu denken. Sanna hatte, nachdem der Krankenwagen Gudrun abgeholt hatte, Lukas angerufen. Der stürmte nun ins Krankenzimmer.

»Gudrun, ähm, ich meine Frau Schwarz, was ist passiert? Sanna sagt, Sie sind angegriffen worden?«

Die alten Damen hoben gleichzeitig ihre Köpfe, dann antwortete Gudrun zögerlich.

»Ja, also ich war im Keller, und da hat mich plötzlich jemand gepackt.«

»Konnten Sie sehen, wer das war?«, wollte Lukas wissen.

Gudrun schüttelte mit dem Kopf und räusperte sich.

»Da unten ist es ja auch stockfinster, seit die Beleuchtung im Treppenhaus kaputt ist«, antwortete Marga stattdessen.

»Was wollten Sie dann da unten im Finstern?«, fragte Lukas skeptisch.

Gudrun schüttelte nur wieder mit dem Kopf, ihr Räuspern ging in einen Hustenanfall über. Die Krankenschwester steckte ihren Kopf zur Tür hinein und zog missbilligend die Augenbrauen hoch.

»So geht das aber nicht, meine Herrschaften, die Patientin braucht Ruhe!« Energisch schob sie zuerst den verdutzten Kriminalkommissar aus dem Zimmer, ihm folgten unwillig die alten Damen.

»Na, hören Sie mal, ich bin Kriminalkommissar Lukas Engel, und ich muss mit Frau Schwarz über den Angriff auf sie sprechen«, wehrte Lukas sich gegen die resolute Schwester.

»Das kann auch noch warten. Ich habe da strikte Anweisungen. Frau Schwarz muss sich erst einmal erholen, das sehen Sie doch selbst.«

Gudrun, die sich langsam von ihrem Hustenanfall erholt hatte, sah wirklich furchteinflößend aus. Ihre Augen waren blutunterlaufen, und ihr Gesicht war durch die Anstrengung wieder tiefrot verfärbt.

»Übrigens sieht Ihr Auge nicht gut aus. Soll ich mich nachher darum kümmern?«, fragte die Schwester schmunzelnd und betrachtete das Veilchen des Beamten.

Noch bevor Lukas etwas sagen konnte, verschwand sie jedoch im Schwesternzimmer und zog die Tür fest hinter sich ins Schloss. Lukas Engel drehte sich zu Marga und Annelise um und sah sie fragend an.

»Hat sie Ihnen irgendetwas erzählt, das uns weiterhelfen kann? Konnte sie sehen, wer der Mann war, der sie überfallen hat? Für solche Würgemale braucht man erhebliche Kraft. Wie groß war er, dick oder dünn, Bart oder Brille, irgendetwas?« Lukas starrte die alten Damen an.

Die starrten auf ihre Füße, scharrten auf dem Boden und zuckten mit den Schultern. Lukas sah zu Sanna, rollte wild mit den Augen und fuchtelte frustriert mit den Armen in der Luft.

»Ich komme jetzt mit zu Ihnen und schaue mich im Keller einmal um. Vielleicht kann man ja noch Spuren sichern.«

»Jetzt? Kann das nicht warten?«, fragte Marga. Lukas klappte geräuschvoll die Zähne aufeinander.

»Nein, kann es nicht. Ich fahr Sie jetzt alle nach Hause und rufe von dort die Spurensicherung.«

»Das müssen Sie nicht, mein Enkel fährt uns heim«, sagte

Marga und stapfte den Krankenhausflur entlang. »Kümmern Sie sich lieber erst einmal um Ihr Auge, das sieht ziemlich übel aus.«

Zähneknirschend fuhr Lukas hinter diesem Benny Lulatsch her. Sanna hatte eigentlich mit den Damen fahren wollen, aber als sie Lukas eifersüchtige Blicke sah, stieg sie zu ihm in den Wagen. Natürlich war seine Eifersucht wieder erwacht, als er Sanna mit diesem Benny im Krankenhausflur gesehen hatte. Zu allem Übel hatte Sanna auch noch ihren Kopf an ihn gelehnt. So hatte es für Lukas natürlich so ausgesehen, als kuschelten die zwei. Als Sanna Lukas dann den Flur hatte entlangstürmen sehen, hatten ihre Augen allerdings so glücklich geleuchtet, dass er sich wieder ein wenig beruhigt hatte.

»Was war denn nur los?«, fragte er ungeduldig.

Noch einmal erzählte Sanna, wie sie Gudrun gefunden und den Krankenwagen gerufen hatte. Lukas schüttelte nachdenklich den Kopf.

In der Wohngemeinschaft angekommen, kochte Marga erst einmal für alle ihren Spezialtee. Lukas wollte keinen Tee, aber er wollte Sanna auch nicht mit diesem Benny hier alleinlassen. Der hatte es sich auf dem kleinen Sofa im Wohnzimmer gemütlich gemacht und nuckelte an einer Bierflasche. Als Sanna Lukas' Blick sah, sprang sie auf und zog ihn aus der Tür.

»Wolltest du dir nicht den Keller anschauen?«, fragte sie im Hinausgehen.

Einen letzten Blick auf den Lulatsch gerichtet, folgte ihr Lukas langsam. Im Treppenhaus war es tatsächlich stockdunkel. Sanna, die vorsorglich eine Taschenlampe mitgenommen hatte, leuchtete ihnen den Weg.

Im Keller angekommen, betrachteten beide das Durcheinander. Alle Kartons von Gustav, die sie erst vor wenigen Tagen hier heruntergeschleppt hatten, waren offen und durchwühlt worden.

Hosen, Jacken, Pullover lagen aus den Kartons gezerrt auf dem Kellerboden.

»Ich lass die Spurensicherung kommen«, sagte Lukas. »So lange darf hier keiner rein.« Er zückte sein Handy und forderte die Kollegen an.

Während Lukas telefonierte, begann Sanna in den Kartons zu kramen. Lukas zog sie aus dem Kellerraum und schloss diesen ab. Dann sicherte er die Tür mit einem Siegel.

»Die Kollegen können erst morgen kommen, so lange muss hier alles unverändert bleiben. Sagst du das bitte auch den beiden da oben? Nicht dass die auf die Idee kommen, hier aufzuräumen.«

Sanna knipste das Licht der Taschenlampe aus, sie standen im Dunkeln. Ohne darüber nachzudenken, zog Lukas Sanna in seine Arme und küsste sie.

Als Sanna kurz darauf zurück in die Wohnung kam, saßen Annelise und Marga noch immer am Küchentisch und redeten leise miteinander. Annelise zog gerade eines ihrer Spitzentaschentücher aus ihrem Blusenärmel und wischte sich über die schweißnasse Oberlippe. Aus dem Wohnzimmer drang leises Schnarchen, und plötzlich merkte auch Sanna, wie müde sie war. Gut, dass sie Lukas nach Hause geschickt hatte, dann konnte sie sich auch noch ein Stündchen Schlaf gönnen. Sie berichtete noch kurz, dass die Spurensicherung morgen kommen und den Keller untersuchen würde, dann schlich sie in ihr Zimmer. Den Nachmittag würde sie zum Lernen nutzen, am Abend würde sie sich um die alten Damen kümmern. Vielleicht würden sie gemeinsam kochen, dachte sie noch, dann fielen ihr auch schon die Augen zu.

Es fröstelte sie. Was zum Teufel zog hier so? Sie blickte sich um und sah, wie sich die Gardinen im Wind bauschten. Mussten die alten Damen das Fenster so aufreißen? Sanna quälte sich ächzend aus dem großen Ohrensessel und schlurfte zum Fenster. Sie kämpfte mit der wehenden Gardine. Als sie endlich das Fenster geschlossen hatte, hörte sie hinter sich tippelnde Schritte.

»Fräulein Sanna, was machst du denn da am offenen Fenster? Komm setz dich her und trink deinen Tee«, säuselte Marga und stellte ein Tablett mit einer riesigen porzellanen Kanne auf den zierlichen Tisch.

Die Szene erinnerte Sanna stark an die Teegesellschaft des verrückten Hutmachers aus ihrem Lieblingsbuch *Alice im Wunderland*. Marga grinste sie breit an und sah der Grinsekatze zum Verwechseln ähnlich, dann reichte sie ihr eine Tasse Tee. Gehorsam trank Sanna den Tee. Nach drei großen Schlucken schüttelte sie sich wieder. Dieses Mal war es der Tee, der sie frösteln ließ.

»Was ist denn das für ein bitteres Zeug?«, fragte sie und schaute angeekelt in die Tasse. Braune Schlieren zogen dort fantasievolle Gebilde, und kleine weiße Kügelchen tanzten lustig darin herum.

»Das ist unser Spezialtee«, flüsterte Annelise ihr ins Ohr.

Sanna saß nun gemeinsam mit ihr auf dem kleinen roten Sofa und beobachtete fasziniert, wie Annelise ein kleines Stofftaschentuch bestickte und es dann auf einen riesigen Taschentuchstapel auf dem kleinen Teetisch legte.

»Gustav hat den Tee auch nicht gemocht«, sagte Gudrun, die plötzlich im großen Ohrensessel saß und betrübt einen Flunsch zog. Ihr Kopf war aufgebläht wie ein Ballon und wackelte auf dem dünnen Hals hin und her.

»Aber getrunken hat er ihn trotzdem«, kicherte Marga. Ihr gewaltiger Busen bebte beim Lachen, und auch Gudrun und Annelise fielen in das Gelächter ein. Sanna bekam erneut eine Gänsehaut. Verdammt, war schon wieder ein Fenster auf? »Sanna du zitterst ja schon wieder. Ich mach dir schnell einen neuen Tee, der Wasserkessel pfeift schon«, sagte Marga.

Sanna wälzte sich unruhig in ihrem Bett hin und her und öffnete plötzlich die Augen. Nicht der Teekessel hatte gepfiffen, sondern ihr Handy schnurrte neben ihr. Es war Lukas, ihr Kommissar.

7. Kapitel

Am Montagmorgen saßen die Damen und Sanna wieder an Gudruns Krankenhausbett und plauderten, als wäre nichts geschehen. Gudrun hatte sich einen Seidenschal um den Hals geschlungen, und ihr Gesicht war dezent geschminkt.

»Alles in Ordnung mit dir?«, fragte Sanna sie unsicher.

Gudrun lächelte verkniffen und nickte.

»Sie muss ihre Stimme schonen, dann wird das schon wieder«, antwortete Marga für sie.

»Wenn ihr irgendwie in Schwierigkeiten seid, dann kann doch Lukas …«, wollte sie helfen, doch die Damen schüttelten sofort die Köpfe.

»Lass mal, Mädel. In was für Schwierigkeiten sollten so alte Schachteln wie wir denn schon kommen?«, versuchte Marga witzig zu sein.

»Vielleicht ist es doch zu viel für so ein junges Ding, mit so alten Tanten wie uns zusammenzuwohnen?«, meinte Annelise leise. Ihre Finger strichen unaufhörlich das Bettlacken glatt.

Sanna war verwirrt. Wollten die Alten sie jetzt etwa wieder loswerden? »Quatsch, alte Tanten«, sagte sie schnell. »Ihr seid doch alle noch topfit, und ich wohne wirklich gerne bei euch. Übrigens ist nächstes Wochenende eine Ausstellung an der Uni, da können wir doch mal zusammen hingehen, dann kann ich euch auch zeigen, was ich so treibe bei meinem Studium«, versuchte sie das Thema zu wechseln.

Die Damen gingen sofort darauf ein und nickten. Marga fragte sie noch ein wenig über ihr Architekturstudium aus, und Sanna erzählte ihnen erleichtert von dem Projekt, das sie ausstellen würde.

»Was machst du denn heute noch Schönes?«, wollte Marga später wissen.

»Also nachher hab ich eine Vorlesung, und am Nachmittag treffe mich mit Lukas. Ich glaube, das war nicht so ganz fair von mir, dieses erste Date. Erst muss er unseren Chauffeur spielen, dann haut ihm dein Benny aufs Auge und dann auch noch der Überfall auf Gudrun.«

»Der Benny hat dem Kommissar das blaue Auge geschlagen?«, fragte Marga entsetzt.

»Ja, aber nur ein bisschen. Keine Sorge, Lukas hat das weggesteckt, er zeigt Benny nicht an.« Beruhigend lächelte Sanna. »Und weil es gestern so chaotisch war, machen wir heute was ganz Ruhiges. Ein Picknick im Ilmpark, so ganz romantisch«, kicherte sie.

Marga atmete erleichtert aus.

Wenige Minuten später rief Lukas an, und Sanna teilte den Damen mit, dass die Spurensicherung sich nun ihren Keller anschauen würde. Eilig verließen sie das Krankenhaus.

In der Wohnung angekommen, schlüpfte Sanna in ihr Zimmer, um sich noch ein wenig auf ihre Vorlesung vorzubereiten. Annelise und Marga würden sich schon um die Leute der Spurensicherung kümmern. Sie legte sich auf das knarzende Bett, griff sich ihre Aufzeichnungen der letzten Vorlesung und begann zu lesen.

Eine Stunde später, während Sanna zur Uni eilte, nutzten Marga und Annelise die Gelegenheit, das ehemalige Zimmer von Gustav noch einmal nach dem Geld zu durchsuchen.

»Was, wenn wir das Geld nicht finden?«, fragte Annelise und wühlte in einer Schublade. »Die Gudrun und dieser verflixte

Computer, nur Ärger hat sie damit ins Haus gebracht«, jammerte sie weiter.

»Nun hör aber auf! Da kann doch Gudrun nix für. Gustav war eben ein guter Schauspieler, uns hat er ja auch getäuscht. Mist! Irgendwo muss dieses blöde Geld doch sein!« Energisch schob Marga Möbelstücke durch das Zimmer und tastete alles nach dem Geld ab.

»Komm, lass uns einmal unter diesem furchtbaren Teppich nachschauen«, sagte Marga und zog an dem braun-grün gestreiften Ungetüm auf dem Boden.

»Den können wir doch eigentlich gleich entsorgen, oder?« Ein Niesen schüttelte Annelise, schnell zog sie eines ihrer filigranen Taschentücher aus der Hosentasche.

»Nein, wir lassen alles so, wie es ist, sonst merkt das Mädchen noch, dass wir hier herumgeschnüffelt haben.« Energisch warf Marga eine Ecke des Teppichs in die Mitte des Zimmers.

»Da«, keuchte Annelise plötzlich und zeigte auf einen einzelnen Geldschein, der halb verborgen unter dem Teppich lag.

Schnell räumten sie die restlichen Möbel zur Seite und rollten den Teppich zusammen. Immer mehr Scheine kamen ans Tageslicht. Schließlich hielt Annelise einen Packen Geld in ihren Händen. Sie zählte das Geld, dann lächelte sie Marga unsicher an und begann plötzlich unkontrolliert zu zittern. Besorgt setzte Marga sich zu ihr aufs Bett und umarmte die Freundin.

»Jetzt wird alles gut«, flüsterte sie. »Der Kerl bekommt sein Geld, und wir haben wieder unsere Ruhe.«

»Und wenn nicht?«, schluchzte Annelise auf. »Was, wenn der Kerl immer mehr will?«

»Warum sollte er?«, brauste Marga auf.

»Es sind nur knapp zehntausend Euro«, flüsterte Annelise.

In diesem Moment rief der Kuckuck aus der Küche, und die Freundinnen schraken wieder einmal zusammen.

»Wir geben ihm alles, was du gefunden hast, und wenn der das Geld erst einmal in den Händen hat, dann wird er uns schon in Ruhe lassen, basta!« Marga raffte die Scheine auf und stopfte sie in die Tasche ihrer Kittelschürze.

»Ein Tässchen Tee, Fräulein Sanna, oder lieber ein Gläschen Sekt?« Lukas zauberte aus dem Picknickkorb zwei Piccoloflaschen Rotkäppchen-Sekt hervor. Sogar an Gläser hatte er gedacht, Sanna verdrehte belustigt die Augen.

»Du legst dich ja ganz schön ins Zeug. Was hast du denn da noch so alles in deinem Körbchen?« Sie grapschte nach dem Picknickkorb und packte Weintrauben, eine Dose mit Käsewürfeln und Erdbeeren aus. Fast zu perfekt, fand sie und knabberte verlegen an einem Käsewürfel. Ein bisschen zu spießig war dieser Lukas, aber wahrscheinlich musste man als Kriminalkommissar solide und vertrauensvoll sein. Eine angenehme Abwechslung nach ihrem letzten Fiasko mit Sven, einem Kommilitonen und absoluten Chaoten. Sie zog ihn also wegen des perfekten Picknicks nicht auf, sondern lächelte ihn unsicher an.

Lukas lächelte zurück und klopfte sich insgeheim auf die Schulter. Hatte er also doch recht behalten, Frauen standen auf Romantik. Er hatte Sanna zu seinem Lieblingsplatz geführt. Im Park an der Ilm am Flussufer hatte er seine Decke ausgebreitet mit Blick auf die Schlossbrücke und das Stadtschloss. Im Hintergrund plätscherte die Leutraquelle, und da das Wetter für Ende Oktober ungewöhnlich mild war, lümmelten viele Studenten um sie herum und schielten nach dem romantischen Picknick.

Sanna erzählte, dass sie Gudrun schon am Morgen im Krankenhaus besucht hatten. Lukas hörte nur mit einem Ohr zu, konzentrierte er sich doch darauf, Sanna mit all den Köstlichkeiten zu füttern, die er in seinem Picknickkorb hatte. Plötzlich fiel ihm dieser Benny wieder ein, und seine Nackenhaare stellten sich auf.

»Hat der Lulatsch eigentlich bei euch übernachtet?«, konnte er sich nicht verkneifen zu fragen, obwohl ihm klar war, wie eifersüchtig sich das anhörte.

»Als ich in mein Zimmer bin, hat der im Wohnzimmer geschnarcht, aber später war er dann weg«, sagte Sanna.

Lukas atmete erleichtert auf und bot Sanna eine Erdbeere an, die sie zu seiner Überraschung mit ihren weichen Lippen von seinen Fingern zupfte. Lukas schluckte.

»Auf jeden Fall ist da etwas eigenartig«, sagte Sanna kauend. »Ich spüre das genau. Ich habe sogar von den Damen geträumt, davon bekomme ich jetzt noch eine Gänsehaut.«

»Eigenartig ist das schon, dass nur die Sachen von Gustav Schütz durchwühlt worden sind«, meinte Lukas und drehte gedankenverloren eine Locke von Sanna um seinen Finger. »Außerdem kann ich mir einfach nicht vorstellen, dass Gudrun ihren Angreifer nicht gesehen haben will. Sie hatte schließlich Würgemale am Hals und muss ihm doch direkt ins Gesicht gestarrt haben.«

Als er am Mittag noch einmal im Krankenhaus bei Gudrun Schwarz gewesen war, hatte diese krächzend ihre Aussage gemacht. Sie sei nach unten in den Keller gegangen, um sich ein Glas Marmelade zu holen, als plötzlich das Licht im Keller ausgegangen und sie am Hals gepackt und gewürgt worden sei. Sie sei ohnmächtig geworden und erst wieder aufgewacht, als sie Sanna hatte kommen hören. Mehr war nicht aus ihr herauszubekommen gewesen.

»Ich hab die Spurensicherung auf alle Fälle Fingerabdrücke nehmen lassen. Vielleicht war das mit Gustav Schütz ja doch kein Unfall, und er hatte an seinem Todestag Besuch von dem Mann, der jetzt den Keller durchwühlt hat«, murmelte er.

Sanna setzte sich auf und richtete ihren Blick fassungslos auf Lukas.

»Und wenn der noch immer nicht gefunden hat, was er gesucht hat?«, fragte sie atemlos. Grübelnd blickte Lukas seine Angebetete an.

»Ich komm wohl nachher lieber mit zu dir, und wir suchen noch einmal das ganze Zimmer ab. Vielleicht hat der Schütz ja tatsächlich was versteckt und wir haben es beim Ausräumen übersehen?« Lukas schaute Sanna fragend an. Plötzlich zog ein Grinsen über ihr Gesicht.

»Willst du wirklich nur das Zimmer durchsuchen?«, fragte sie keck und musste über seinen verwirrten Gesichtsausdruck lachen. »Tut es noch sehr weh?«, wollte sie dann wissen und streichelte ihm zärtlich über das blaue Auge.

»Ein bisschen«, sagte Lukas, nahm ihre Hand und zog Sanna zu sich herüber.

Kichernd kullerten sie über die Decke, bis Lukas sie fester packte und küsste.

»Es wird ganz schön kalt«, sagte Sanna wenig später, obwohl sie mit ihren geröteten Wangen nicht aussah, als friere sie.

»Darf ich dich nach Hause bringen?«, fragte Lukas galant und legte ihr seine Jacke um die Schultern.

»Was für ein vollkommener Gentlemen«, zog ihn Sanna ein wenig auf, kuschelte sich zugleich aber behaglich in die warme Jacke.

Vor der Haustür angekommen, nahm Lukas all seinen Mut zusammen und fragte, ob er noch mit nach oben kommen könne. Sanna schaute ihn mit großen Augen an, küsste ihn leidenschaftlich und schob ihn dann sanft von sich.

»Ich denke, wir haben alle Zeit der Welt für mehr«, hauchte sie ihm ins Ohr und verschwand rasch im Hausflur.

Lukas stand vor dem großen Altbau und betrachtete die dunklen Fenster. Erst als Licht hinter einem der Fenster erstrahlte und Sanna ihm noch eine Kusshand zugeworfen hatte, trollte Kriminalkommissar Lukas Engel sich glücklich nach Hause.

8. Kapitel

Nichts, aber auch gar nichts konnte diesen Morgen verderben. Lukas Engel schwebte den Flur der Kriminalpolizeiinspektion Weimar entlang. Die belustigten Blicke seiner Kollegen bemerkte er nicht, alles war rosarot angehaucht. Er ließ sich auf seinen Bürostuhl sinken und schaute seine Kollegin verträumt an.

»Da bin mal einen Tag nicht da, und du tauchst hier mit einem Veilchen auf und strahlst doch, als hättest du eine Beförderung bekommen. Na, das muss ja ein ganz besonderes Mädchen sein. Details, ich will alle schmutzigen Details!« Neugierig lehnte Veronika Vogel sich nach vorn.

Lukas schaute sie verträumt lächelnd an und schüttelte den Kopf.

»Was, du gönnst einer alten Frau nicht das kleinste bisschen Abwechslung?« Ihre kupferfarbene Pagenfrisur kam in Bewegung, missmutig schüttelte Veronika Vogel den Kopf.

»Mit deinen fünfundfünfzig bist du noch keine alte Frau. Und außerdem hast du doch selber genug Abwechslung mit deinem Lutz«, lachte Lukas.

Veronika Vogel schnaubte abfällig. »Nach zwanzig Jahren Ehe kann man wohl kaum noch Abwechslung verlangen. Außer Hausarbeit und am Wochenende im Garten werkeln gibt es wenig Abwechslung im Hause Vogel.«

Veronika Vogel war eine begnadete Gärtnerin, ihre Buchsbaumgebilde waren in der ganzen Gartenanlage Gesprächsthema.

Aber jetzt musste sie unbedingt wissen, wie Lukas zu diesem Veilchen gekommen und warum er gar nicht sauer deswegen war. Lukas aber gluckste nur wie ein verliebter Trottel.

»Müssen wir nicht noch den Bericht im Fall Gustav Schütz schreiben?«, fragte er, das Thema wechselnd.

»Du bist so ein Geheimniskrämer«, schmollte Veronika Vogel und zog einen Flunsch.

»Außerdem ist am Wochenende bei diesem Gustav Schütz eingebrochen worden, und seine Sachen wurden durchwühlt. Eine der alten Damen wurde tätlich angegriffen und musste im Klinikum behandelt werden. Ob das Ganze mit dem Tod von Gustav Schütz zu tun hat, müssen wir abwarten. Ich habe sicherheitshalber die Spurensicherung hingeschickt.«

Veronika Vogel saß mit offenem Mund da.

»Da bin ich mal einen Tag nicht da, und schon läuft hier alles aus dem Ruder. Wieso hast du dich um diesen Einbruch gekümmert?«, fragte sie misstrauisch.

»Also, ich war zufällig am Samstag mit zwei der alten Damen zur Kirmes auf dem Dorf, und da dachte ich, ich kümmere mich persönlich …«

»Du warst was?«, blaffte Veronika Vogel. »Willst du mir erzählen, dass du auf ältere Semester stehst?« Ungläubig beäugte sie ihren Kollegen.

Lukas wand sich.

»Quatsch! Die alten Damen haben da jetzt eine neue Mitbewohnerin, die ist noch nicht so alt.« Während Lukas herumdruckste, hatte seine Gesichtsfarbe ein sattes Rot angenommen.

»So, so. Und wie alt ist noch nicht so alt? Ungefähr?« Ein Grinsen schob sich auf Veronika Vogels Gesicht, während sie ihren jungen Kollegen beobachtete.

»Anfang, Mitte zwanzig?«, nuschelte Lukas.

Jetzt war Veronika Vogel alles klar. Lukas hatte sich offensichtlich in die junge Mitbewohnerin in der Alten-WG verliebt. »Daher stammt wohl auch das Veilchen?«, fragte sie nach.

Lukas senkte entschuldigend die Augen.

»Okay, den Bericht Gustav Schütz schreibe ich«, sagte sie lächelnd. »Wir haben eine Schlägerei mit Todesfolge reinbekommen, da müsstest du erst einmal hin.«

Lukas sprang vom Stuhl und griff nach dem Zettel, den seine Kollegin ihm über den Schreibtisch hinweg reichte.

»Warum hast du das denn nicht gleich gesagt, oder ist dir mein Liebesleben wirklich wichtiger?«

Er wartete die Antwort nicht ab, so konnte er das Lachen nicht mehr hören, das Veronika Vogel ihm nachschickte. Mord und Totschlag hatte sie schon zur Genüge erlebt, aber dass Lukas offensichtlich bis über beide Ohren verliebt war, das noch nicht. Insgeheim hatte sie schon überlegt, ob er wohl an dem schönen Kollegen Tobias interessiert wäre.

Für die nächsten zwei Stunden nahm sie sich die Gesprächsprotokolle im Fall Gustav Schütz vor und schrieb anschließend das Abschlussprotokoll. Gustav Schütz hatte zusammen mit den Herztabletten ein Abführmittel zu sich genommen, daraufhin war es höchstwahrscheinlich zu Herzrhythmusstörungen gekommen, die wiederum zum Sturz auf den Badewannenrand geführt hatten. Ohnmächtig war er dann auf dem Fußboden verblutet. Da es keine Spuren auf Fremdeinwirkung gab und die Aussage des behandelnden Arztes nahelegte, dass Gustav Schütz die höhere Dosis Digitalis selbst eingenommen hatte, wurden die Ermittlungen eingestellt. Für sie hatte der Einbruch im Keller der Senioren-WG nichts mit dem Ableben des Gustav Schütz zu tun. Veronika Vogel legte die A4-Seiten in einen Ordner und klappte diesen schwungvoll zu.

Wenn ihr Lutz einmal nicht mehr war, dann könnte sie sich auch vorstellen, in so einer Alten-WG zu wohnen. Vielleicht hätte sie sich doch einmal aufraffen und ihren Kollegen begleiten sollen. Bestimmt war das Zimmer noch frei. Ach nein, da war ja jetzt dieses junge Ding eingezogen. Als sie sich bei diesen Gedanken erwischte, schüttelte sie schnell den Kopf und schämte sich ein wenig, schließlich erfreute ihr Mann sich noch bester Gesundheit. Es hatte also noch Zeit mit dieser Idee.

Die drei Damen ahnten nichts von Veronika Vogels Absichten. Gudrun durfte das Krankenhaus schon am Morgen wieder verlassen. Nun saßen sie zusammen in der Küche und warteten ängstlich darauf, dass dieser furchtbare Mann wieder auftauchen und das Geld verlangen würde. Marga hatte vorgeschlagen, zur Polizei zu gehen und alles zu beichten, aber Gudrun und Annelise wollten davon nichts wissen.

Natürlich hatten sie Gustav nicht mit Vorsatz umgebracht. Dass er den Pudding mit den Tabletten einfach gegessen hatte, obwohl sie es ihm ausdrücklich verboten hatten, war ja nun nicht ihre Schuld. Genauso wenig hatten sie vorhersehen können, dass Gustav sich an Margas Abführtabletten bedienen würde. Gustav hatte sich selbst umgebracht, aber die Polizei sah das womöglich anders. Gustavs angeblicher Bruder versetzte die Damen in Panik.

Wie nervös sie waren, merkten sie, als es am Mittag an ihrer Tür klingelte. Annelise, die gerade einen Topf Gemüsesuppe auf den Küchentisch stellen wollte, erschrak beim schrillen Klang der Klingel, ein heißer Schwapp Suppe verbrannte ihr die Hand. Panisch rannte sie zum Waschbecken und kühlte die verbrannte Stelle unter kaltem Wasser. Gudrun fasste sich instinktiv an den Hals und visierte ihre Freundinnen mit großen, ängstlichen Augen an.

Nachdem es erneut geklingelt hatte, schlichen die Damen gemeinsam zur Wohnungstür. Marga linste vorsichtig durch den Türspion, Annelise und Gudrun hingen ihr förmlich an der Kittelschürze. Als Marga erleichtert einen Schritt zurücktrat, rempelte sie an ihre Freundinnen.

»Es ist dieser junge Kommissar«, sagte sie und scheuchte ihre Freundinnen zurück in die Küche. »Setzt euch hin und esst Suppe! Wir dürfen hier nicht wie die aufgeschreckten Hühner herumlaufen, sonst wird der doch noch misstrauisch.«

Nach einem erneuten, ungeduldigen Läuten öffnete sie Kriminalkommissar Lukas Engel endlich die Tür.

»Ich hoffe, ich komme nicht ungelegen, aber ich hätte eine Bitte an Sie«, sagte Lukas und folgte Marga in die Küche.

Sie forderte ihn mit einem Nicken auf, sich zu setzen, dann stellte sie ihm wortlos auch einen Teller vor die Nase. Gudrun füllte die Teller, Lukas starrte auf ihre zittrigen Hände.

»Der Leichnam von Gustav Schütz ist freigegeben, und trotz intensiver Suche ist kein Angehöriger gefunden worden. Gibt es niemanden, der die Beisetzung organisiert und bezahlt, kümmert sich das Ordnungsamt um die *Bestattung von Amts wegen«,* erklärte Lukas und griff hungrig zum Löffel. Er stocherte in der Gemüsesuppe und suchte vergeblich nach einem Stück Fleisch, so bekam er die Blicke, die sich die alten Damen zuwarfen, nicht mit. Als keine der Damen etwas sagte, schaute er auf und nahm, ohne zu pusten, einen Löffel voll Suppe. Schmerzhaft verbrannte er sich die Zunge, schluckte aber tapfer. Da noch immer Schweigen am Tisch herrschte, fuhr er fort: »Also, ich dachte, da Gustav Schütz ja hier in der WG gewohnt hat, wären Sie vielleicht bereit, seine Beerdigung zu arrangieren?«

Gudrun verschluckte sich an der Suppe, Annelise rührte in ihrem Teller, und Marga fixierte den Kriminalkommissar entgeistert.

»Wenn der Verstorbene vorher nichts anderes verfügt hat, dann wird eine anonyme Urnenbestattung vorgenommen. Aber vielleicht möchten Sie ja …?« Fragend blickte Lukas Engel in die Runde.

Noch immer war keine Reaktion der Damen zu sehen.

»Das Ordnungsamt würde natürlich die Kosten übernehmen, aber es wäre doch sicher schöner, wenn er nicht so völlig anonym verscharrt würde.« Langsam wurde Lukas sauer. Er hatte angenommen, in einer Seniorenwohngemeinschaft kümmerte man sich umeinander, aber da hatte er sich wohl geirrt.

Endlich räusperte sich Marga und lächelte Kriminalkommissar Engel unsicher an.

»Sie müssen entschuldigen, aber wir sind ein wenig überfordert mit der Situation. Im Grunde kannten wir den Gustav ja noch nicht so lange. Und ob er Verwandtschaft hatte, wissen wir auch nicht. Selbstverständlich helfen wir bei seiner Beerdigung.«

Annelises Kopf schnellte nach oben, Gudruns Kiefer klappte nach unten.

»Wenn Sie uns das Beerdigungsinstitut nennen, dann setzen wir uns mit denen in Verbindung«, sagte Marga mit einem festen Blick auf ihre Freundinnen.

Erleichtert schob Lukas den Teller Suppe von sich und stand auf. Er legte Marga eine Visitenkarte neben den Teller und blickte dann ratlos in Richtung Flur.

»Fräulein Sanna ist bei einer Vorlesung«, sagte Marga spitz und begleitete den Kommissar zur Tür.

Enttäuscht ließ dieser die Schultern hängen und schlich aus der Wohnung.

Am Abend klingelte es erneut an der Tür der alten Damen. Dieses Mal stand ihr Peiniger vor ihnen. Sanna war noch immer unterwegs, und darüber waren die Damen sehr froh. Sie sollte so wenig wie möglich mitbekommen, auch weil sie sich mit diesem jungen Kriminalkommissar traf. Zögerlich waren die Damen zur Wohnungstür geschlichen und hatten diese einen Spaltbreit geöffnet.

»Hallo, die Damen. Ich glaube, ich habe mich das letzte Mal

gar nicht vorgestellt. Mein Name ist Karl-Heinz, aber ihr könnt ruhig Karli zu mir sagen.« Mit einem kräftigen Ruck öffnete der Fremde die Tür und drängelte sich an den Damen vorbei in die Küche. »Gibt's ein Bier?«, wollte er wissen und öffnete auch gleich den Kühlschrank.

Die Damen standen da wie angewurzelt.

Karl-Heinz begann zu lachen. »Nun macht mal nicht so böse Gesichter, Mädels. Ich beiße doch nicht.«

Gudrun klappte ihren offenstehenden Mund zu, und laut schlugen ihre Zähnen aufeinander.

»Okay, sorry, das war nicht nett von mir beim letzten Mal, aber heute bin ich ganz brav. Ihr gebt mir die Kohle, und ich verschwinde auf Nimmerwiedersehen.« Ohne ein Bier in der Hand schlug er den Kühlschrank zu und grinste die Damen böse an.

Marga kramte in ihrer Kittelschürze und holte einen Umschlag mit den zehntausend Euro heraus. Noch immer ohne ein Wort gesprochen zu haben, übergab sie das Geld. Karl-Heinz zählte die Scheine und zog dann die Stirn kraus.

»Was soll das sein?«

Da Gudrun und Annelise vor Angst erstarrt waren, räusperte sich Marga und krächzte:

»Das ist das Geld, was wir bei Gustav gefunden haben.«

»Wollt ihr mich verarschen?«, brüllte Karl-Heinz los, dass die Damen zusammenzuckten. »Hier müssen mindestens fünfzehntausend drin sein. Gustav hat mir genau erzählt, wie viel er auf der hohen Kante hatte. Entweder ihr bringt jetzt sofort den Rest oder …« Mit einer schnellen Bewegung zog er ein Klappmesser aus der Hosentasche und ließ es aufspringen. Dann kratzte er sich damit an seinem ungepflegten Dreitagebart.

Die Frauen konnten genau sehen, wie die Stoppeln zu Boden fielen. Gudrun versteckte sich hinter Marga, und auch Annelise wich einen Schritt zurück.

»Wir haben im Moment wirklich nicht mehr Geld, aber wenn Sie in ein paar Tagen wiederkommen, dann besorgen wir den Rest«, sagte Marga mit fester Stimme, hielt Annelises und Gudruns Hände und drückte sie.

Karl-Heinz kaute grübelnd vor sich hin und nickte schließlich.

»Da war was faul mit Gustavs plötzlichem Unfall, hab ich recht?« Beim Wort Unfall machte er mit seinen Händen Anführungszeichen in der Luft.

»Ich glaube, ich ziehe lieber nicht bei euch ein, drei schwarze Witwen auf einmal …« Er entblößte seine braunen Zähne und kicherte widerlich. »Eine Woche gebe ich euch Zeit, dann habt ihr das Geld, klar?«

»Wie können wir Sie denn erreichen?«, wollte Marga wissen.

»Gar nicht. Ich komme zu euch.« Schwungvoll drehte sich Karl-Heinz auf dem Absatz um und verließ die Wohnung.

Zwei Sekunden lang standen die Damen wie angewurzelt, dann kam Leben in Marga. Sie riss sich eine Jacke von der Garderobe, griff nach ihrer Tasche und eilte dem Erpresser hinterher.

Man mochte es ihrer fülligen Gestalt eigentlich nicht zutrauen, aber Marga hüpfte gazellengleich die Treppen hinunter.

Karl-Heinz bog gerade um die Hausecke, sie folgte ihm nun etwas langsamer. Ein Gedanke hatte sich bei ihr festgesetzt und sie zum Handeln gezwungen. Wenn sie wüssten, mit wem sie es eigentlich zu tun hatten, dann würde sich bestimmt auch eine Gelegenheit bieten, diesen unerfreulichen Gesellen in seine Schranken zu weisen. Marga hatte in der Eile nur ihre alte abgewetzte Strickjacke gegriffen und fröstelte nun ein wenig, schließlich wurde es abends jetzt schnell kühl. Es dämmerte bereits, aber noch herrschte reges Treiben auf der Straße.

Marga schlich die Belvederer Allee entlang, immer darauf gefasst, dass Karl-Heinz sich umdrehte und sie erblickte. In jeder

Einfahrt drückte sie sich so lange herum, bis Karl-Heinz ein gutes Stück entfernt war. Eine Straßenseite der Belvederer Allee war mit hochherrschaftlichen Häusern bebaut, an die andere Seite grenzte der Ilmpark. Als sie den Park hinter sich ließen, folgte sie ihrem Zielobjekt auf der Marienstraße weiter. Hier war das Risiko, entdeckt zu werden, nicht allzu hoch. Jede Menge Studenten der Bauhaus-Universität eilten zu den Spätvorlesungen oder standen an einem kleinen Café und unterhielten sich angeregt.

Wie weit würde sie diesem Karl-Heinz wohl folgen müssen, und was machte sie, wenn er in einen Bus einstieg? Panisch sah sich Marga nach dem Verkehr um, konnte aber zu ihrer Beruhigung keinen Bus entdecken. Der Mann bog in Richtung Innenstadt ab. Über den Frauenplan, die Schillerstraße entlang, bis zum Theaterplatz musste sie ihm noch folgen, bevor er endlich in einem Dönerladen ein Bier kaufte und sich zu einigen Männern auf eine Bank setzte. Er wurde mit großem Hallo begrüßt, und Marga war sich ziemlich sicher, ihn hier am nächsten Tag wiederzufinden.

Sie versteckte sich hinter dem Goethe-Schiller-Denkmal und beobachtete die Männer. Als sich eine asiatische Touristengruppe um Marga versammelte und alle ihre Kameras zückten, bemerkte sie erst, wo sie stand. Sie rückte ein wenig vom Denkmal der Dichter und Denker ab. Die Kameras folgten ihr. Lächelnde Gesichter schauten sie erstaunt, aber freundlich an, und das Klicken der Kameras verstummte nicht. Marga machte noch einen Schritt zur Seite, die Kameras folgten. Verstört schaute sie sich um und blickte dann an sich herunter. Na bravo, dachte sie und begutachtete ihre Hausschuhe, die warmen Socken, die daraus hervorlugten, und ihren alten abgewetzten Hausrock. Über diesem flatterte zudem ihre kanariengelbe Kittelschürze mit den Papageienmotiven, und ihre alte Wollstrickjacke machte ihren Aufzug nicht gerade besser. Die Krönung war aber wohl das karierte Tuch, das sie sich um ihren mit Lockenwicklern bestückten Kopf geschlungen hatte und aus dem sich nun einige Wickler den Weg ins Freie gesucht hatten. Marga raffte ihre Jacke fester um sich und verbeugte sich graziös vor den Touristen. Die strahlten sie nun offen an, und einige klatschten sogar. Bevor sich noch ein Menschenauflauf vor ihr bilden konnte, machte Marga sich schleunigst auf den Heimweg.

Annelise und Gudrun erwarteten sie vor dem Haus. Erleichtert kamen sie Marga entgegen und geleiteten sie unter aufgeregtem Geschnatter in die Wohnung.

»Ich brauch erst einmal einen Tee, ich bin völlig durchgefroren«, bibberte Marga und setzte auch gleich Teewasser auf.

»Ja, was rennst du auch so aus dem Haus?«, fragte Gudrun und glotzte Marga verdattert an.

»Wieso? Jetzt bin ich so ein richtiges Weimarer Original. Mich hat eine Gruppe Touristen vor dem Goethe-Schiller-Denkmal fotografiert, und ich glaube, ich habe unseren Dichtern die Schau gestohlen«, kicherte sie.

»Aber was wolltest du denn dort?« fragte Annelise kopfschüttelnd.

»Ich wollte wissen, wohin der Kerl geht. Ab morgen beschatten wir ihn.« Marga sah in zwei verständnislose Gesichter. »Ihr könnt den Mund jetzt wieder zumachen. Wenn wir wissen, wer dieser Karl-Heinz wirklich ist, dann ergibt sich vielleicht die eine oder andere Gelegenheit, ihn von uns abzulenken.«

»Ihn von uns ablenken?«, fragte Gudrun entgeistert.

»Na ja, wenn er andere Probleme hat, dann lässt er uns womöglich in Ruhe. So was eben«, brummte Marga.

Zugegeben, ihr Plan war noch nicht wirklich ausgereift, aber die Hände in den Schoß zu legen und darauf zu warten, dass dieser Mann sie weiter schikanierte, kam einfach nicht infrage. Sie hatte sich früher schon zu viel sagen lassen müssen, diese Zeit war endgültig vorbei.

»Der wird uns doch sofort erkennen, wenn er uns sieht«, sagte ausgerechnet Annelise nun leise.

Gudrun nickte mit hochgezogenen Brauen.

»Wir verkleiden uns, basta!« Mit Schwung drehte Marga sich im Kreis und knotete sich das karierte Tuch vom Kopf.

Annelise und Gudrun sahen sich an und lachten trotz ihrer Angst erleichtert auf. Sie würden sich nicht von diesem Mann unterkriegen lassen.

»Wisst ihr was, morgen gehen wir ins Theater und holen uns alles, was wir brauchen«, sagte Gudrun. »Die Christa, eine der Ankleidefrauen, arbeitet noch dort. Wenn sie uns die Sachen rausschmuggelt, fällt das überhaupt nicht auf.«

Gudrun erinnerte sich gern an ihre Karriere als Operettensängerin des Deutschen Nationaltheaters Weimar. Mit einer grazilen Bewegung nahm sie Margas Hand und machte einen formvollendeten Knicks vor ihr. Genauso hatte sie sich immer beim Schlussapplaus vom Publikum verabschiedet und bedankt.

»Von wegen schwarze Witwen«, sagte Marge plötzlich. »Dabei bist nur du Witwe, Annelise. Mein Bruno erfreut sich noch bester Gesundheit. Und du warst nie verheiratet«, wandte sie sich an Gudrun. »Außerdem haben wir den Gustav ja nicht wirklich umgebracht, es war ein Unfall, also wären wir höchstens graue Witwen«, raunte sie trotzig.

»Also eigentlich bin ich auch Witwe«, sagte Gudrun leise.

Marga und Annelise zogen erstaunt die Augenbrauen hoch.

»Ich war noch blutjung, als ich Walter kennenlernte. Ich war gerade einmal siebzehn und Walter gerade achtzehn geworden, da haben wir uns Hals über Kopf ineinander verliebt. Ich kam aus einem guten Elternhaus, und meine Eltern hatten andere Pläne mit mir, aber Walter und ich sind durchgebrannt. Als ich ein paar Wochen später volljährig geworden bin, haben wir geheiratet. Wir haben zwei Jahre in einer schäbigen kleinen Wohnung gehaust.

Dann ist Walter krank geworden.« Traurig zog Gudrun ein altmodisches Medaillon, das an einer langen Kette hing, aus ihrem Ausschnitt. Sie öffnete es und zeigte den Freundinnen das verwaschene, ausgeblichene Bild eines jungen Mannes. »Walter hatte Krebs, es ging ganz schnell. Ich habe ihn ein halbes Jahr lang gepflegt, dann hat er mich verlassen. Ich war am Boden zerstört. Da ich keinen Pfennig hatte, bin ich zu meinen Eltern zurück und hab mein Gesangsstudium zu Ende gemacht. Meine Eltern wollten mich dann ständig mit irgendwelchen reichen Säcken verheiraten, aber ich hab mich geweigert. Ich wollte mich dann nur noch auf meine Gesangskarriere konzentrieren, und da bin ich dann diesem windigen Hund in die Finger geraten. Der hat gemeint, mit den Nacktaufnahmen würden sich mir mehr Türen öffnen. Und ich dummes Huhn hab das geglaubt.« In Gedanken versunken schüttelte sie traurig lächelnd den Kopf.

»Also Marga, dann bist nur du noch keine Witwe«, meinte Annelise plötzlich.

»Lieber heute als morgen«, knurrte Marga und zog die Stirn in Falten. Wenn sie an ihren Bruno dachte, bekam sie regelmäßig Bauchschmerzen. »So, und jetzt mal Schluss mit dem Witwengequatsche, ich hab Hunger.«

Lange saßen sie noch am Küchentisch und dachten über diesen Karl-Heinz nach. Als Sanna nach Hause kam, ging jede in ihr eigenes Zimmer. Sie hörten, wie Sanna sich gegen zwölf Uhr bettfertig machte, lauschten den Geräuschen im Bad, und dann wurde es still. Schließlich schliefen sie eine nach der anderen doch ein.

9. Kapitel

Gudrun hatte gleich nach dem Frühstück ihre Freundin Christa im Theater angerufen, diese lud die Damen spontan zu einem Kaffeekränzchen ein. Die Gelegenheit war günstig, da eine Spielpause für diesen Tag angesetzt war und sie das Theater praktisch für sich hatten.

Aufgeregt folgten Marga und Annelise ihrer Freundin in das Innere des Nationaltheaters. Im Publikum hatten sie natürlich schon oft gesessen, da sie von Gudrun beide eine Dauerkarte geschenkt bekommen hatten, aber hinter die Bühne und in die dazugehörigen Räume waren sie noch nicht vorgedrungen. Allerdings gab es dort auf den ersten Blick nicht viel zu sehen, stellte Annelise enttäuscht fest. Nüchterne Gänge mit Türen rechts und links, das war alles. Annelise wusste zwar nicht zu sagen, was sie erwartet hatte, aber für ihren Geschmack sah es hier viel zu langweilig aus. Am Ende des Ganges winkte ihnen Christa gutgelaunt entgegen, und als sie den Raum betraten, war Annelise versöhnt.

Hier sah es schon eher nach Theater aus. Der Raum beherbergte ein riesiges Arsenal an Schuhen. Aufgereiht in Regalen und nach Farben geordnet, lagerten hier Hunderte von Halbschuhen, Sandalen, Stiefeln, Pumps, Plateauschuhen, Holzpantoffeln und Dutzende weitere Fußbekleidungen. Annelise stieß einen spitzen Schrei aus und stolperte entzückt die Schuhregale entlang. Immer wieder nahm sie ein Paar in die Hand und zeigte sie begeistert ihren Freundinnen. Ein goldenes Paar Sandalen drückte sie sich ganz fest an die Brust und folgte endlich den Freundinnen in den nächsten Raum. Hier waren lange Reihen mit Kleiderständern zu sehen, vollgepackt mit Kostümen. Nachdem sie eine Weile mit Christa geplaudert hatten, führte diese sie zu einem Ständer mit Kleidern, die ausrangiert worden waren. Hier durften sie sich bedienen.

Dann führte Christa sie noch in einen weiteren großen Abstellraum, wo sämtliche Kleinteile in langen Regalen aufbewahrt waren. Perücken, Hüte, Handschuhe, Schirme, Strümpfe, ja sogar Unterwäsche lagerte hier und wartete auf eine neue Aufführung. Die Damen kamen aus dem Staunen und Kichern gar nicht mehr heraus.

»Nehmt um Gottes willen nicht so auffällige Sachen«, mahnte Gudrun und blickte Annelise streng an, die sich einen riesigen Hut mit lila Federn auf den Kopf gesetzt hatte.

»Aber so einen wollte ich schon immer mal haben«, bettelte diese. »Der ist bestimmt aus *My Fair Lady*, stimmt's?«

»Ja, dann nimm ihn halt mit, aber bei der Beschattung trägst du den auf keinen Fall.« Gudrun musste über ihre Freundin lächeln, so glücklich hatte sie sie lange nicht gesehen.

Auch Marga hatte sich ein Kostüm herausgesucht und betrachtete sich wohlwollend im Spiegel. In einem knöchellangen Mantel mit Pelzkragen und einer dazu passenden Schapka drehte sie sich um sich selbst und wollte das Urteil ihrer Freundinnen hören.

Gudrun räusperte sich, blickte hilfesuchend zu Annelise, die aber immer noch mit ihrem Hut zugange war, und sagte dann:

»Also ja, schick. Aber vielleicht ein bisschen aus der Mode?« Sie konnte Marga doch unmöglich sagen, dass sie wie eine russische Matrone aussah. Wenn sie jetzt noch einen knallroten Lippenstift auftrüge, wäre die Illusion perfekt. So konnten sie unmöglich durch Weimar schlendern. Sie nahm eine hübsche schwarze Mütze vom Ständer, suchte eine Brille ohne Stärke heraus und reichte beides Marga. »Das müsste gehen. Nur nicht übertreiben, wir wollen doch nicht auffallen.«

Verzweifelt blickte Gudrun ihre Freundinnen an. Sie hatten so viel Spaß hier und offensichtlich völlig vergessen, warum sie hier waren. Ach, was soll's, dachte sie und ließ den beiden noch eine Weile ihren Spaß.

In der Zwischenzeit stopfte sie unauffällige Hüte, Brillen, Regenmäntel und sogar drei Perücken in ihre Tasche. Als sie sich umdrehte, tippelte Annelise in ihren goldenen Sandalen und in einen Kimono gewickelt durch den Raum. Ihre silberfarbene Bobfrisur hatte sie kunstvoll zu einem Dutt drapiert und diesen mit kleinen Holzstäbchen bestückt. Marga drehte und wendete sich in einem opulenten Umhang, in ihrem dauergewellten Haar steckte ein zierliches Krönchen. Gudrun verdrehte die Augen in alle Richtungen, schnappte sich eine Federboa vom Ständer, und dann fassten sie sich alle lachend bei den Händen und tanzten im Kreis wie bei einem mittelalterlichen Fest.

Erst Christa, die den Kopf zur Tür hereinsteckte, beendete die Party. Schnell hängten sie alle Kostüme wieder ordentlich an ihre Plätze, dann verließen sie kichernd das Theater.

Am Abend fanden sie das Ganze nicht mehr lustig. Gudrun hatte sie so herausgeputzt, dass sie sich selbst kaum wiedererkannten. Die Perücken waren zum Einsatz gekommen, und passend zum Wetter hatte jede einen grauen Regenmantel an.

Gudrun war sich sicher, dass Karl-Heinz sie so nicht erkennen würde, schließlich hatte er Marga und Annelise erst einmal kurz gesehen. Sie selbst würde sich im Hintergrund halten, auch weil sie noch immer zu zittern begann, wenn sie nur an diesen Kerl dachte. Bewaffnet mit Handys und Pfefferspray, das Annelise noch schnell bei einem Jagdausstatter besorgt hatte, machten sie sich auf den Weg zum Theaterplatz.

Es war, wie Marga berichtet hatte. Fünf Männer mittleren Alters lümmelten auf den Bänken gegenüber dem Denkmal herum. Sie unterhielten sich lautstark und tranken Bier. Da es eine Weile dauern konnte, bis Karl-Heinz nach Hause gehen würde, beschlossen die Damen, sich in ein kleines Café am Rande des Platzes zu setzen. Hier konnten sie trotz der fortgeschrittenen Jahreszeit noch draußen sitzen, da Wärmestrahler aufgestellt waren und Decken für die Gäste bereitlagen. Abwechselnd zogen sie dann ihre Runden um den Theaterplatz und beobachteten Karl-Heinz.

»Juhu!«, tönte es plötzlich schrill über den Theaterplatz.

Einige Touristen schauten erschrocken in die Richtung der kreischenden Frau, die nun, um noch mehr Aufmerksamkeit zu erregen, wild mit einem Schirm wedelte. Die Blicke der Touristen suchten nun das Opfer, dem diese Kreischattacke galt, und ein Feixen schlich sich auf ihre Gesichter, als sie sahen, wie eine ältere Dame sich hastig hinter dem Goethe-Schiller-Denkmal versteckte. Lachend blieben einige Leute stehen und beobachteten die weiteren Geschehnisse. Die kreischende, schirmschwingende Dame eilte auf das Denkmal zu und um dieses herum. Der älteren Dame dahinter war dies offensichtlich so peinlich, dass sie die Flucht antrat.

»Gudrun! Juhu!«, kreischte die Verfolgerin nun wieder. Gudrun gab sich geschlagen, sie blieb stehen und drehte sich um.

»Sag mal, hast du mich nicht gehört?«, fragte die Kreischsäge empört.

»Wer könnte dich überhören«, murmelte Gudrun und lächelte gequält.

»Sag mal, wie siehst du überhaupt aus? Hast du da eine Perücke auf? Entschuldige, aber die sieht ja scheußlich aus.« Alma Pfennig war jahrelang als Souffleuse am Nationaltheater tätig gewesen. Als sie in Rente ging, war es plötzlich vorbei mit dem Flüstern. Als ob die jahrelange Zurückhaltung nun entweichen müsse, schrie Alma Pfennig beinahe ununterbrochen. Vielleicht lag es aber auch nur an ihrem schlechter werdenden Gehör und der Abneigung, ein Hörgerät zu tragen.

Gudrun lächelte tapfer weiter und zog die immer noch sehr laute Frau ins Café. Alma Pfennig steckte ihren Schirm in ihre riesige Damenhandtasche und setzte sich ächzend auf einen Stuhl. Marga und Annelise wussten nicht recht, wie sie reagieren sollten. Gudrun stellte die Fremde schnell vor.

»Das ist die Alma, eine ehemalige Kollegin vom Theater.«

Sie nickten ihr kurz zu, dann blickten die Damen besorgt über den Platz. Die Männer hatten offensichtlich keine Notiz von der kreischenden Alma genommen, sie prosteten sich gerade gutgelaunt zu und tranken dann in langen Zügen ihr Bier.

»Was treibt ihr denn hier so kostümiert? Die Christa hat mir schon erzählt, dass ihr bei ihr wart.« Misstrauisch und eingeschnappt, weil sie nicht mit von der Partie war, blickte Alma Pfennig die Damen an.

»Ach, wir proben nur ein wenig für unser Haustheater. Du weißt doch, dass ich in einer Seniorenwohngemeinschaft wohne, gemeinsam mit Annelise und Marga«, sagte Gudrun.

»Und dafür lungert ihr hier mit schlechtsitzenden Perücken am Theaterplatz herum?«, fragte Alma Pfennig bissig und betrachtete den Kopfschmuck der Damen.

Gudrun hatte sich eine lockenwicklergelegte, braune Kurzhaarperücke übergezogen, Annelise ihre silberfarbenen Haare unter einer mahagonifarbenen Tina-Turner-Mähne versteckt, und Marga schließlich schüttelte ihre neue blonde Bobfrisur, verärgert über Alma Pfennigs unsensible Worte.

»Man muss sich halt die Zeit vertreiben«, zischte Marga ihr unfreundlich zu.

»Und wir müssen jetzt auch los, nicht wahr?« Auffordernd schaute Gudrun ihre Freundinnen an, diese erhoben sich zögernd.

»Ich hab auch gehört, dass euer Mitbewohner gestorben ist. Da ist ja jetzt ein Zimmer frei, oder?« Alma Pfennig winkte der Kellnerin und orderte einen Kaffee.

»Ähm, ja, also eigentlich nein. Der Gustav ist zwar gestorben, aber das Zimmer ist nicht mehr frei«, stotterte Gudrun.

»So schnell?«, fragte Alma Pfennig spitz. »Vielleicht suche ich mir dann lieber eine andere Senioren-WG. Wird ja nicht so schnell wieder ein Zimmer bei euch frei werden?«

Die Damen sahen sich an und lächelten dann.

»Nein, es wird wohl nicht so schnell wieder eins frei«, sagte Gudrun.

»Dann könntest du einer alten Freundin wenigstens ab und zu einmal Gesellschaft leisten und nicht vor ihr wegrennen?« Alma Pfennig nahm einen Schluck Kaffee und blickte Gudrun streng an.

»Natürlich, Alma. Ich ruf dich bald einmal an, und dann machen wir was zusammen, ja?« Gudrun nickte ihr noch einmal schuldbewusst lächelnd zu, dann folgte sie Annelise und Marga.

»Puh, was für eine unangenehme Person«, sagte Marga, als sie ein paar Schritte entfernt waren.

»Und die wollte tatsächlich bei uns einziehen. Stellt euch das nur mal vor!«, kicherte Annelise erleichtert.

Die Beschattung gestaltete sich nun etwas schwieriger, da sie ihr gemütliches Café hatten räumen müssen. Immer wieder ging eine von ihnen vorsichtig über den Theaterplatz und schaute nach, ob Karl-Heinz oder Alma Pfennig noch da waren.

So eine Beschattung war eine langweilige Sache, fand Marga. In den Krimis, die sie regelmäßig schaute, zog sich das nie so lange hin. Dann begann es auch noch zu regnen. Die Damen zückten ihre Schirme und stellten erleichtert fest, dass die Männer sich rasch in alle Winde verteilten.

Karl-Heinz zog eine Schiebermütze aus der Tasche und ging zügig Richtung Goetheplatz, dort hielten die Busse. Die Damen eilten hinterher. Sie hatten Glück, an der Haltestelle standen jede Menge Leute, und so fielen sie nicht auf, als sie in den Bus huschten und sich auf eine Bank quetschten. Sie waren ganz hinten eingestiegen und konnten Karl-Heinz gut im Auge behalten. Der Bus leerte sich mit jeder Haltestelle. Die Damen befürchteten schon, entdeckt zu werden, da nur noch eine Handvoll Leute im Bus saß, als Karl-Heinz endlich ausstieg.

Sie waren nach Weimar-West gefahren, einem Plattenbaugebiet, entstanden zu DDR-Zeiten. Erst als Karl-Heinz den Bus verlassen hatte, sprangen die Damen auf und winkten dem Fahrer, noch zu warten. Der verzog genervt das Gesicht, wartete aber, bis die Alten endlich zur Tür heraus waren. Sie hatten verabredet, sich sofort zu trennen, und so lief jede Dame, hinter ihrem Regenschirm versteckt, in eine andere Richtung.

Karl-Heinz ahnte nichts von dieser Verfolgung. Er war sich sicher, die alten Mädels völlig in seiner Gewalt zu haben. Er hatte die drei so verschreckt, dass sie ihm immer und immer wieder Geld geben würden. Deshalb hatte er beschlossen, sie regelmäßig zu beehren und sie zu melken. Er war sehr zufrieden mit sich und der Welt.

Marga verfolgte Karl-Heinz direkt, Annelise ging rechtsherum, und Gudrun schlug einen Bogen nach links. Karl-Heinz steuerte auf einen zehngeschossigen Wohnblock zu und verschwand darin. Marga zögerte noch eine Weile, ehe sie ihm folgte. Die Türen glitten geräuschlos auf, und sie schlich leise in den Vorraum. Eine riesige Tafel mit Klingelschildern fiel ihr ins Auge, der Gang verlor sich nach rechts und links in endlosen Fluren. Von Karl-Heinz keine Spur. Ein Fahrstuhl öffnete sich, Marga hielt die Luft an. Eine ältere Frau mit einem Beutel Müll in der Hand schlurfte heraus, musterte sie skeptisch und verließ das Haus. Verzweifelt schaute Marga sich um. Wo zum Teufel war er hin? Als Gudrun und Annelise hereinkamen, war sie den Tränen nahe.

»Wen suchen Se denn?«, fragte plötzlich jemand hinter ihnen. Es war die Frau mit dem Müll, die sie wieder misstrauisch musterte.

»Einen Bekannten«, sagte Annelise schnell. »Aber da wir seinen Nachnamen nicht wissen, wird das wohl nichts.« Ihr Blick blieb an den Hunderten von Namen auf den Klingelschildern haften.

»Ham Se en Foto? Bestimmt kenn ich den. Ich wohn hier schon dreißich Jahre.«

»Nein, leider nicht, aber wenn wir eins haben, können wir dann noch einmal zu Ihnen kommen?«, fragte Marga etwas munterer.

»Klar. Griske is meen Name, 58D.« Mit diesen Worten schlurfte sie wieder zum Fahrstuhl und fuhr nach oben.

Gudrun ging noch einmal die Reihe der Klingelschilder ab und starrte darauf, als ob sich der Name des Gesuchten plötzlich hervorheben würde. Annelise trat von einem Bein aufs andere und erinnerte sie daran, dass Karl-Heinz auch jeden Moment seinen Müll wegbringen könnte. Dann stünden sie wie Schießbudenfiguren hier. Schnell verließen sie nun den Wohnblock und machten sich auf den Heimweg.

Da der Bus im Wohngebiet eine Schleife gefahren war, kam er gerade die Straße entlang, als die Damen das Haus verließen. Die drei stürmten mit wild wedelnden Schirmen den Weg entlang. Beinahe sah es so aus, als gäbe der Busfahrer noch einmal Gas, um an ihnen vorbeizurasen. Doch dann hielt der Bus quietschend an, und alle stiegen erleichtert ein.

10. Kapitel

Jetzt hatte er Sanna schon seit zwei Tagen nicht mehr gesehen. Seine Fantasie ging langsam mit ihm durch. Hatte sie einen anderen? War er nur ein Flirt und längst vergessen? Seine Hochstimmung hatte sich in fiebrige Nervosität gewandelt. Zwar hatte er die letzten beiden Tage mit ihr telefoniert, aber immer hatte sie Vorlesungen oder Hausarbeiten vorgeschoben, die ein Treffen unmöglich machen würden. Heute, wenn Sanna heute nicht mit ihm ausging, dann war's das, beschloss Lukas und wusste schon im nächsten Augenblick, dass er sich etwas vormachte.

Als Veronika Vogel gutgelaunt ihre persönlichen Sachen in die überproportionierte Handtasche stopfte, um auf schnellstem Wege in ihre Kleingartenanlage zu eilen, fiel ihr Blick auf ihren Kollegen. Den ganzen Tag über hatte er schon so missmutig ausgesehen. Aber da sich die Ereignisse wie so oft wieder einmal überschlagen hatten, war sie noch nicht dazu gekommen, ihn darauf anzusprechen.

»Was ist dir eigentlich heute über die Leber gelaufen? Mal himmelhochjauchzend, dann wieder zu Tode betrübt, so kenn ich dich gar nicht. Muss ja ein tolles Mädel sein«, stocherte sie ein wenig im Trüben.

Prompt lief Lukas rot an.

»Dieses Mädel aus der Alten-WG?«, bohrte sie nach.

Lukas verdrehte die Augen, konnte dann aber dem mitfühlenden Blick seiner Kollegin nicht standhalten. Stockend begann er zu erzählen, und bald sprudelten die Worte so schnell aus ihm heraus, dass Veronika Vogel kaum mitkam. Nachdem er ihr sein Herz ausgeschüttet hatte, blickte er verlegen aus dem Fenster. Veronika Vogel verkniff sich ein Schmunzeln, da sie Lukas noch nie so leidend gesehen hatte.

»Dann geh doch heute Abend einfach mal bei ihr vorbei«, riet sie ihm.

Lukas schüttelte den Kopf.

»Sie kann eifersüchtige Typen nicht leiden. Und wenn ich sie jetzt schon unter Druck setze, dann schießt sie mich doch gleich in den Wind.« Verzweifelt wühlte er in seinen Haaren, so dass sie wie ein brauner Mopp in alle Richtungen abstanden.

»Mhm, und wenn du noch mal wegen des Falls Gustav Schütz nachfragen müsstest?«, meinte sie feixend.

»Der Fall ist abgeschlossen, was soll ich denn da noch ermitteln?«

»Na, zum Beispiel könntest du erwähnen, dass der Schütz ein verurteilter Heiratsschwindler war und du jetzt auf der Suche nach den geschädigten Damen bist. Ist zwar schon ein paar Jahre her die Verurteilung. Aber als Vorwand?«

Lukas zog ungläubig seine Stirn in Falten.

»Ich hab vergessen, dir das zu erzählen, und es war ja für unsere Ermittlungen auch nicht relevant, aber um noch einmal in der Senioren-WG vorzusprechen durchaus plausibel, oder?« Hektisch wedelte Veronika Vogel sich mit einem Schnellhefter Luft zu.

»Das war ein Heiratsschwindler? Und du fandst das nicht relevant?« Ungläubig schüttelte Lukas den Kopf.

Ein breites Grinsen zog über Veronika Vogels Gesicht, das jetzt krebsrot und feucht schimmerte.

»Genau, da musst du jetzt sofort noch einmal nachfragen«, sagte sie und versuchte, sich ihren Pony aus der feuchten Stirn zu pusten. Die Bluse klebte ihr am Körper, so dass Lukas ihren geblümten BH durchschimmern sehen konnte.

»Alles in Ordnung mit dir? Bist du krank? Hast du Fieber?«, fragte er besorgt nach.

Seine Kollegin kicherte und schüttelte den Kopf. »Wechseljahre«, sagte sie knapp.

Als Lukas erstaunt die Augenbrauen hochzog, fühlte Veronika Vogel sich gezwungen, etwas deutlicher zu werden.

»Ich bin in den Wechseljahren. Menopause. Hast du doch sicher schon mal von gehört?«

Lukas wackelte etwas hilflos mit dem Kopf und hoffte, seine Kollegin würde es dabei belassen. Doch nun fühlte Veronika Vogel sich berufen, ihren jungen Kollegen in die Geheimnisse der weiblichen Hormonumstellung einzuführen.

»Um die fünfzig herum ändert sich bei Frauen die Hormonproduktion. Die Regel bleibt aus, und einige Frauen bekommen in dieser Zeit Hitzewellen, leiden unter Schlafstörungen, manche nehmen unkontrolliert zu oder sind emotional labil.« Veronika Vogel linste Lukas an. »Gott sei Dank«, setzte sie nach und streckte dazu von jeder Hand zwei Finger in die Luft und machte das Gänsefüßchenzeichen, »leide ich nur unter den Hitzewellen.«

Mittlerweile hatte nicht nur Veronika Vogel einen roten Kopf, auch Lukas strahlte in einem satten Rot. Langsam hatte er sich in Richtung Tür geschoben, und als seine Kollegin kurz Luft holte, nutzte er seine Chance und schlüpfte aus dem Büro. Er flüchtete ins Herrenklo und hoffte, dass seine Kollegin sich nun baldmöglichst in ihren Garten aufmachen würde.

Veronika Vogel sah Lukas kichernd hinterher, griff nach ihrer Tasche und verließ ebenfalls das Büro. Sie brannte schon darauf, ihrer Nachbarin von diesem Gespräch zu erzählen. Diese war ebenfalls in den Wechseljahren, und so klagten sie sich manches Mal gegenseitig ihr Leid. Viel öfter jedoch lachten sie über Dinge wie Hitzewellen und durchgeschwitzte Pullis. Sie amüsierten sich köstlich über die Reaktionen ihrer Mitmenschen, die verschämt an den klitschnass geschwitzten Frauen vorbeistarrten und so taten, als bemerkten sie nichts.

Lukas hockte derweil auf dem Klodeckel und grübelte. Er war wirklich erstaunt darüber, dass seine Kollegin offenbar keine Zusammenhänge zwischen dem Unfalltod des Gustav Schütz und der Heiratsschwindelei sah. Nach fünf Minuten wagte er sich aus dem Herrenklo. Er schlich den Flur entlang und schielte vorsichtig ins Büro. Die Luft war rein. Er kramte die Akte von Gustav Schütz unter einem Stapel abgeschlossener Fälle hervor und begann, diese noch einmal einer genauen Überprüfung zu unterziehen.

Eine Stunde später reckte er sich, schaute auf die Uhr und beschloss, dass es nun Zeit für einen Besuch bei den alten Damen sei, und natürlich hoffte er auch, Sanna anzutreffen.

Ganz knapp verpassten sich Kriminalkommissar Lukas Engel und die Damen. Während Lukas vor verschlossener Tür stand, machten sich die Damen wieder auf zum Spionieren auf dem Theaterplatz. Dieses Mal hatten sie eine Kamera dabei. Wenn Gudrun nicht ihre kleine Digitalkamera gefunden hätte, hätte sich die Beschattungsaktion noch um eine Weile verzögert, da Annelise und Marga mit ihren alten Fotoapparaten in die Küche gekommen waren und erstaunt festgestellt hatten, dass diese noch mit Filmen zu bestücken waren. So mussten sie sich mit Gudruns Digitalkamera begnügen.

Versteckt hinter dem Goethe-Schiller-Denkmal fotografierten sie Karl-Heinz. Aufmerksam beobachteten sie dabei ihre Umgebung. Um nichts in der Welt wollte Gudrun ihrer ehemaligen Kollegin Alma Pfennig noch einmal in die Arme laufen. So neugierig und misstrauisch, wie diese sie ausgefragt hatte, würde Alma Pfennig bei einem zweiten Treffen wohl nicht so schnell locker lassen, und dann hätten sie noch ein Problem mehr.

Das Foto war schnell geschossen, und schon eilten die Damen nach Hause. Sie mussten das Foto ausdrucken, um es der alten Griske zeigen zu können, da das Display so winzig war. Zum Glück hatte Gudrun nicht nur einen Computer und Internetverbindung, sie hatte sich auch einen Farbdrucker angeschafft, als sie mit der Männersuche begonnen hatte. Schließlich wollte sie die Profile der Männer, mit denen sie sich verabredete, auch ausdrucken und ihren Freundinnen zeigen.

Bald würden sie das Foto ihres Erpressers in den Händen halten. Eine Welle der Genugtuung durchströmte sie.

Die Damen vergeudeten keine Zeit und nahmen wieder den Bus nach Weimar-West.

»Griske, 58D«, flüsterte Annelise und schaute verwirrt zur Klingeltafel.

»Hab sie«, sagte Marga und drückte energisch den Klingelknopf.

Gudrun, die ängstlich die Tür im Auge behalten hatte, fuhr heftig zusammen, als es blechern aus der Lautsprecheranlage schallte.

»Wer issn da?«

»Wir haben uns gestern hier im Haus kennengelernt. Meine Freundinnen und ich sind auf der Suche nach einem alten Bekannten. Sie wollten uns helfen.« Marga lauschte in den Lautsprecher, kleine Schweißperlen bildeten sich auf ihrer Oberlippe.

»Komm Se hoch«, plärrte die Griske.

Die Damen tippelten eilig in den Fahrstuhl und studierten ratlos die Knöpfe. Da gab es keinen fünften Stock, nur eine Drei, eine Sechs und eine Neun.

»Fahren wir in die sechste Etage und laufen dann eine wieder runter?«, fragte Annelise.

Die Damen nickten und machten sich auf zur Wohnblockexpedition. Fünf Minuten später standen sie endlich vor 58D.

»Dachte schon, Sie ham sichs anders überlecht, aber dann is mir einjefallen, dass der Fahrstuhl ja nich in der Sechs hält«, sagte die Griske und kicherte.

Erschöpft nickten ihr die Damen zu. Gudrun zerrte das Foto von Karl-Heinz aus der Tasche.

»Was habtn ihr mit dem ollen Otto zu schaffen?«, fragte die Griske neugierig, als sie das Foto betrachtete. Sie musterte die Damen mit zusammengekniffenen Augen.

»Otto?«, fragte Annelise verwirrt. »Aber er heißt doch Karl-Heinz, oder?« Fragend blickte sie ihre Freundinnen an.

Marga nickte und blickte die Griske verwundert an. Diese verdrehte die Augen und meinte:

»Otto, Karl-Heinz, den mein ich doch. Und woher kennt ihr den?«, fragte sie nun noch eine Spur misstrauischer.

»Alter Bekannter«, murmelte Marga.

Um weiteren Fragen zu entgehen, verabschiedeten sie sich und wandten sich hastig zum Gehen. Aber so schnell ließ sich die alte Griske nicht abwimmeln. Kurzentschlossen griff sie nach dem Haustürschlüssel, knallte die Tür hinter sich zu und folgte mit einem komischen Watschelgang den Damen.

»Ich bring Se hin, aber rennen Se nich so, meene Hüfte!«, schrie sie den Damen hinterher.

»Nein, nein, vielen Dank, aber wir haben jetzt ja gar keine Zeit, Karl-Heinz zu besuchen. Wir haben noch einen Termin, den wir nicht verpassen dürfen«, rief Marga über die Schulter. Dann blieb sie abrupt stehen und drehte sich doch zu ihrer Verfolgerin um. »Und bitte kein Wort zu Karl-Heinz, wir wollen ihn später überraschen«, sagte sie eindringlich.

»Als ob ich nüscht andres zu tun hätte, als hier rumzuloofen und zu tratschen«, fauchte die Griske eingeschnappt zurück. Sie gab die Verfolgung der Damen mit einem abfälligen Schnauben auf, drehte auf ihren alten Filzpantoffeln um und erklomm ächzend und vor sich hin schimpfend die Stufen bis zu ihrer Wohnung.

Die Damen atmeten erleichtert auf und machten sich schnellstmöglich auf den Heimweg.

Bald darauf saßen sie wieder in ihrer Küche und tranken Tee. Jetzt wussten sie endlich, mit wem sie es zu tun hatten. Aber was nützte es ihnen?

»Und wenn du deinen Enkel einmal fragst, ob der dem Otto nicht mal eine ordentliche Lektion erteilen kann? Vielleicht lässt er uns ja dann in Ruhe?«, fragte Gudrun und fasste sich automatisch an ihren noch immer ein wenig wunden Hals.

Marga schüttelte den Kopf. »Benny möchte ich da eigentlich nicht mit reinziehen. Nachher bekommt er dann unseretwegen noch Ärger.«

Gemeinsam nickten sie nachdenklich mit den Köpfen.

»Aber irgendetwas müssen wir unternehmen«, sagte Annelise verzweifelt.

»Wir folgen ihm morgen noch einmal«, sagte Marga leise.

»Wenn wir nur nicht solche Schisser wären und ihm klarmachen könnten, dass er so mit uns nicht umspringen kann.« Wütend musterte Annelise ihre Freundinnen.

Diese nickten wieder.

»Vielleicht schicken wir ihm einen Kuchen?«, flüsterte Gudrun.

Ratlose Blicke trafen sie, und noch ehe eine der beiden etwas sagen konnte, fügte sie leise hinzu:

»Ich meine einen ganz *besonderen* Kuchen. Einen, der ihm nicht sehr gut bekommen würde.« Vielsagend zog sie die Augenbrauen hoch.

Nun verstanden auch Marga und Annelise.

»Mhm«, grunzte Marga.

»Oh!«, stöhnte Annelise erschrocken auf.

Die Küchenuhr tickte laut, sonst war es mucksmäuschenstill. Die Stille zog sich minutenlang hin.

»War ja nur so eine Idee«, krächzte Gudrun schließlich.

»Lass uns erst noch einmal mit ihm reden. Vielleicht können wir ihn ja umstimmen«, sagte Marga schließlich, und Annelise nickte erleichtert.

11. Kapitel

Lukas Engel klingelte und fixierte dann wütend die Wohnungstür, die sich partout nicht öffnen wollte. Unschlüssig stand er im Treppenhaus und überlegte, was er machen sollte, als sich unten die Haustür öffnete und Sanna hereinschwebte.

»Lukas? Was machst du denn hier?«, fragte sie erstaunt.

»Ich bin dienstlich hier. Ich müsste noch einmal mit den alten Damen reden«, sprudelte er los. Auf keinen Fall wollte er den Eindruck erwecken, ihr hinterherzurennen.

»Ach so.«

Das klang eindeutig enttäuscht, stellte er zufrieden fest.

»Sie scheinen nicht da zu sein. Vielleicht hast du ja Lust, mit mir einen Happen essen zu gehen?«, fragte er betont beiläufig.

»Klar. Ich bring nur schnell meine Sachen rein.« Sanna flitzte an ihm vorbei, verschwand in der Wohnung und kam eine Minute später mit roten Wangen und einem zauberhaften Lächeln wieder heraus. Sie hakte sich bei ihm unter und fragte gutgelaunt: »Und wohin willst du mich heute Abend entführen?«

»Ähm … Italienisch, Chinesisch, Mexikanisch? Worauf hast du Lust?«, stotterte Lukas überrumpelt von ihrer Freude.

»Zuerst Italienisch und als Nachtisch dann etwas Süßes?« Sanna zwinkerte ihm kokett zu.

Lukas wollte etwas sagen, bekam aber nur ein Röcheln heraus, und Sanna brach in schallendes Gelächter aus. Ehe er trotzig etwas erwidern konnte, zerrte sie ihn schon aus dem Haus.

Das italienische Restaurant war nur halbvoll, und so setzten sie sich an einen Tisch am Fenster und schauten eine Weile dem bunten Treiben auf dem Frauenplan zu. Studenten jeder Hautfarbe bevölkerten den Platz und hörten einem Gitarrenspieler zu, der leidenschaftlich und sehr begabt seine Lieder zum Besten gab.

»Was wolltest du denn von den Damen?«, fragte Sanna und löste ihren Blick vom Straßenmusiker.

Lukas erzählte ihr von den Ermittlungen seiner Kollegin. Sanna stand der Mund offen, als sie vom Vorleben ihres Vormieters als Heiratsschwindler erfuhr.

»So ein Schwein!«, sagte sie entrüstet. »Und du denkst jetzt, dass der auch eine von den Damen beschwindelt hat?«

»Wäre doch möglich.«

Sanna nickte. »Gudrun hat doch im Internet nach Männern gesucht, das hat mir Annelise erzählt. Aber ich glaube, Gudrun und Gustav hatten nichts miteinander.«

»Vielleicht schämt sie sich ja nur, die Wahrheit zu sagen. Die meisten Frauen, die auf solche Männer reinfallen, melden sich nicht bei uns«, sagte Lukas und winkte der Kellnerin.

Sie bestellten Pizza und Hauswein. Als sie wieder allein waren, riss Sanna plötzlich die Augen auf.

»Aber du glaubst jetzt nicht, dass Gudrun diesen Gustav deswegen …?« Sanna schnappte nach Luft und kicherte dann.

»Na ja, eigentlich nicht, aber ich wollte eben einfach noch einmal nachfragen.« Lukas hoffte, dass Sanna ihm nicht auf die Schliche kam. Schnell wechselte er nun das Thema und fragte sie nach dem Stand ihres Studiums.

Sanna erzählte stolz von ihrem neuesten Projekt. Der Wein schmeckte, und als Lukas die Rechnung beglichen hatte, zwinkerte Sanna ihm wieder zu und kam auf den Nachtisch zurück.

»Wie wär's, wenn du mir noch einen Kaffee bei dir zu Hause anbieten würdest?«

Lukas konnte sein Glück kaum fassen. Dann räusperte er sich und sagte:

»Kaffee hab ich nicht da, aber ich könnte dir einen Tee anbieten.« Ein schüchternes Lächeln huschte über sein Gesicht.

»Nee, nicht schon wieder Tee«, schnaubte Sanna.

Ein schelmisches Zucken um ihren Mund ließ Lukas sofort aufspringen, beinahe hätte er den Tisch mitsamt Gedeck umgestoßen. Sanna konnte gerade noch nach ihrem halbvollen Rotweinglas greifen und Schlimmeres verhindern.

Während Lukas vor Aufregung zu schwitzen begann, überlegte er fieberhaft, ob seine kleine Wohnung einigermaßen aufgeräumt war oder überall dreckige Klamotten herumlagen und schmutziges Geschirr sich in der Spüle stapelte. Doch bevor er noch länger darüber nachsinnen konnte, zog ihn Sanna lachend hinter sich her aus dem Restaurant.

Am Morgen wunderten sich die Damen, dass Sanna nicht nach Hause gekommen war. Aber schließlich war sie eine erwachsene, junge hübsche Frau und ihnen keine Rechenschaft schuldig. Wenn die Damen aber geahnt hätten, dass Sanna ausgerechnet bei Kriminalkommissar Lukas Engel übernachtet hatte und dieser sich weiterhin für sie interessierte, wären sie sicher beunruhigt gewesen und hätten den Plan, nach Jena zu fahren, sicher fallengelassen.

Gudrun hatte ihr abendliches Gespräch über jenen *besonderen* Kuchen nicht losgelassen, und so hatte sie sich daran erinnert, dass sie vor Monaten mit dem Gedanken gespielt hatte, ein Gasthörerseminar an der Rechtsmedizinischen Fakultät in Jena zu besuchen. Sogar einen Gasthörerschein hatte sie sich besorgt, aber dann war Gustav in ihr Leben getreten und hatte so viele Sorgen über sie gebracht, dass sie die Vorlesungen völlig vergessen hatte. Diesmal aber hatte sie noch in der Nacht im Internet den Vorlesungsplan studiert und gleich morgens beim gemeinsamen Frühstück die Freundinnen vor vollendete Tatsachen gestellt. Sie würden heute gemeinsam eine Vorlesung besuchen.

Am frühen Nachmittag machten sie sich auf den Weg zum Bahnhof. Gudrun hatte die passende Zugverbindung herausgesucht, so dass sie ohne große Aufregung in Jena ankamen. Gott sei Dank lagen die Hörsäle der Friedrich-Schiller-Universität zentral, so konnten die Damen das Universitätsgebäude schnell finden. An einer großen Tafel suchten sie sich ihren Hörsaal heraus und tippelten aufgeregt die breite Treppe empor. Belustigte Blicke trafen sie, aber Gudrun schritt hocherhobenen Hauptes durch die Schar der jungen Studenten.

Endlich saßen sie in der letzten Reihe eines Hörsaals und versuchten sich so unsichtbar wie möglich zu machen. Aber natürlich fielen die drei auf. Nicht nur weil sie altersmäßig weit über dem Durchschnitt lagen, sondern auch weil Marga unruhig auf ihrem Stuhl herumruckelte. Verzweifelt versuchte sie, die am Tisch befestigte Schreibtischplatte nach unten zu klappen, aber ihre recht stattliche Figur ließ dies einfach nicht zu. Annelise betrachtete in der Zwischenzeit enttäuscht den Hörsaal, es sah so gar nicht aus wie in ihrer Vorstellung. Nur jede Menge Stühle, an denen kleine Platten als Tischersatz befestigt waren, standen kreuz und quer im Raum, der als Hörsaal ausgewiesen war.

Marga neben ihr kämpfte noch immer mit der kleinen Tischplatte, diese wollte sich partout nicht in die Waagerechte drücken lassen. Marga zog den Bauch ein, aber auch dann funktionierte es nicht. Mit einem empörten Schnauben klappte sie den Tisch zur Seite und brummte vor sich hin: »Was sind denn das für Kinderstühlchen, da passt doch kein normaler Mensch rein.« Ihr Blick glitt über die Studenten, die es sich mehr oder weniger gemütlich auf ihren Stühlen machten, und blieb dann an Annelise hängen.

Wie ein Mäuschen saß diese in ihrem Stuhl und wackelte mit den dünnen Beinchen in der Luft.

»Wollen wir die Stühle tauschen, ich glaube ich habe den Kinderstuhl erwischt«, flüsterte Marga.

»Psst!«, zischte Gudrun und stupste Marga an.

In diesem Augenblick betrat die Dozentin den Raum. Die Damen rutschten tiefer in ihre Stühle, aber wurden nach einem kurzen, prüfenden Blick der Dozentin sofort entdeckt. Freundlich kam diese auf die alten Damen zu und lächelte sie herzlich an. Marga und Annelise steckten ihre Köpfe tief in ihre Handtaschen und kramten geschäftig darin herum, so als suchten sie ihre Ausweise, während Gudrun ihren Gasthörerausweis schwenkte. Gerade wollte sie wortreich erklären, warum sie hier zu dritt erschienen waren, aber nur einen Ausweis hatten, als die Dozentin ihr freundlich zunickte und an ihnen vorbeiging. Verdutzt starrten ihr die Damen hinterher und atmeten dann erleichtert auf.

»Das ging ja besser als gedacht«, flüsterte Gudrun.

Die Dozentin ließ die Jalousien herunter, der Raum verdunkelte sich. Anschließend schaltete sie den Diaprojektor ein, und das Thema der Vorlesung erschien auf der Leinwand. Heute sollte es um die Todesursachen Ersticken, Erhängen, Erdrosseln, Erwürgen und Ertrinken gehen. Annelise rutschte so tief in ihrem Stuhl ab, dass sie die Leinwand nicht mehr sehen konnte. Der Rücken ihres Vordermannes war die nächste Stunde ihr Fixpunkt. Marga hielt sich tapfer, hatte sie doch schon als Kind beim Schlachten geholfen, so machten ihr die Bilder von Einblutungen oder Drosselmarken nicht viel aus. Gudrun hingegen wurde immer blasser, und gegen Ende der Vorlesung ging ihre Gesichtsfarbe ins Grünliche über.

Da natürlich nicht jede Vorlesung öffentlich und für Gasthörer zugänglich war, saßen die Damen zwischen lauter angehenden Juristen. Diese nutzten die Vorlesungen der Rechtsmedizin als

Ergänzungsfach, um sich fachspezifische Kenntnisse anzueignen. Annelise wurde der Hinterkopf ihres Vordermannes langweilig, so beobachtete sie lieber die anderen Studenten. Einige hörten interessiert zu, andere hatten sich in das Studium ihrer Handys vertieft. Vielleicht wollten sie aber auch, genau wie sie, nur nicht nach vorn auf die Leinwand schauen. In dem Moment, als die Dozentin einen Hinweis an alle Zartbesaiteten gab, sich die nächsten Bilder besser nicht anzusehen, da passierte es. Annelises Vordermann bückte sich, um etwas aus seiner Tasche zu nehmen, und Annelises Blick glitt zur Leinwand. Nur eine Sekunde konnte sie das Bild sehen, aber der ältere Mann, der dort blauverfärbt an einem Strick von der Zimmerdecke baumelte, brannte sich in ihr Hirn ein. Die Dozentin erklärte sachlich, woran man den Tod durch Erhängen nachweisen könne, doch Annelise rauschte das Blut so laut in den Ohren, dass sie den Ausführungen nicht folgen konnte.

Da die drei Damen sich nicht trauten, den Hörsaal vorzeitig zu verlassen, stürmten sie geradezu fluchtartig aus der Tür, nachdem die Dozentin endlich die Vorlesung beendet hatte. Die amüsierten Blicke der Studenten bemerkten sie nicht, sie wollten nur raus aus dem Gebäude. Draußen angelangt, atmeten sie erst einmal tief durch und beschlossen, vor dem Heimweg noch einen Abstecher in die Wagnergasse, Jenas Kneipenmeile, zu machen.

Sie setzten sich in ein gemütliches kleines Pub und bestellten erst einmal Kräuterschnaps. Nach einem weiteren Gläschen bekam Gudrun wieder etwas Farbe und Annelise einen Schluckauf.

»Und was hat uns das jetzt gebracht?«, fragte Marga und kippte ihren Schnaps herunter.

»Sorry, ich dachte halt, wir bekommen so ein paar Anregungen, aber das war wohl total bescheuert«, entschuldigte sich Gudrun.

»Immerhin wissen wir jetzt, dass wir diesen Karl-Heinz mit einem weichen Kissen ersticken könnten, ohne dass man uns das nachweisen könnte. Oder dass wir ihn eben nicht in unserer Badewanne ersäufen und dann in die Ilm schmeißen könnten, weil dann keine Kieselalgen in seiner Lunge wären.«

Annelise und Gudrun durchbohrten Marga.

»Was denn? Deswegen sind wir doch hier, oder?«, rechtfertigte sie sich.

»Na ja, wenn du das so sagst, dann hört sich das schon ein bisschen brutal an«, druckste Gudrun. »Lasst uns lieber noch mal überlegen, ob wir das Geld nicht doch zusammenbekommen.«

»Nee, ich habe keine tausend Euro auf dem Konto. Der Bruno hält mich ganz kurz, und Rente bekomme ich nur ein paar hundert Euro«, grunzte Marga.

»Ich hab immer noch Schulden von meinem verstorbenen Mann abzuzahlen«, flüsterte Annelise. Es war ihr offensichtlich sehr peinlich, dies den Freundinnen einzugestehen.

»Tja, und mein Geld hat der ja schon«, sagte Gudrun bitter.

»Dann müssen wir versuchen, noch einmal vernünftig mit dem Kerl zu reden. Vielleicht kommt der ja zur Besinnung und lässt uns in Ruhe.«

Die Damen nickten synchron mit den Köpfen und prosteten sich ein drittes Mal zu.

12. Kapitel

Es war der Morgen von Gustavs Beerdigung. Die Damen schlichen mit brummenden Köpfen durch die Wohnung. Anstatt sich nach den drei Likören am Vorabend nach Hause aufzumachen, hatten sie sich in der kleinen gemütlichen Kneipe in Jenas Innenstadt festgesessen. Annelise hatte plötzlich Hunger bekommen, und so hatte sie noch einen kleinen Imbiss genommen. Auch der Likör war weiter geflossen. Schließlich hatten sie sich im Taxi nach Hause chauffieren lassen, da an eine Zugfahrt von Jena nach Weimar nicht mehr zu denken gewesen war. Nun bekamen sie die Quittung für ihren ausschweifenden Ausflug, blass und elend sahen die Damen aus. Eine Viertelstunde vor zehn verließen sie gemeinsam das Haus.

Für Annelise war der weitläufige Park des Friedhofs zu einer Stätte der Ruhe geworden. Oft streifte sie zwischen den Gräbern umher. Ab und zu skizzierte sie sogar besonders schön verwitterte Grabsteine in einem kleinen Notizbuch. Es war tröstlich für sie zu wissen, dass ihr Mann und ihr Sohn hier eine schöne Grabstätte hatten und sie ihnen in einigen Jahren folgen konnte. Das kleine Gemeinschaftsgrab im hinteren Teil des Friedhofs besuchte sie fast täglich.

Nun schritt sie mit ihren Freundinnen die lange Lindenallee entlang, vorbei an der Fürstengruft und den vergoldeten Zwiebeltürmen der russisch-orthodoxen Kapelle, die Annelise besonders liebte. Hier war Maria Pawlowna, die Tochter des Zaren

Alexander des I., in geweihter Landeserde bestattet worden. Von den Weimarern wurde sie als Engel der Armen, Kranken und Waisen geliebt und verehrt. Aber natürlich lagen hier auch die berühmten Einwohner Weimars. Die Fürstengruft mit den Särgen von Johann Wolfgang von Goethe und Friedrich Schiller war eine der bedeutendsten Sehenswürdigkeiten der Stadt. Besonders beeindruckend fand Annelise die Gräber entlang der Friedhofsmauer. Prinzessinnen, Herzöge, Hofdamen und Komponisten hatten hier ihre letzte Ruhestätte gefunden. Der alte Baumbestand der Parkanlage tauchte alles in ein diffuses Licht und ließ sie auf ihren Spaziergängen oft Raum und Zeit vergessen.

Die Damen schritten schweigsam dahin. Marga hatte mit dem Bestattungsunternehmen abgesprochen, dass Gustav in eine Urnengemeinschaft ohne Namen beigesetzt werden würde. Da sich keine Angehörigen gemeldet hatten und die Damen nicht bereit gewesen waren, die Pflege des Grabes zu übernehmen, war diese Form der Bestattung gewählt worden.

Als die Damen an der Grabstätte ankamen, war nur der Bestatter anwesend. Er hielt eine kurze Rede und forderte dann die Anwesenden auf, etwas über Gustav Schütz zu erzählen. Aber die Damen schüttelten mit den Köpfen. Gerade wollte der Bestatter die Urne ins Grab hinabgleiten lassen, da trat eine Frau zu der kleinen Gruppe.

»Ist das die Beerdigung von Gustav Schütz?«, fragte sie leise.

Erfreut blickte der Bestatter auf, um die Unbekannte zu begrüßen, als plötzlich sein Lächeln schlagartig einfror. Auch die Damen musterten die Hinzugekommene verdutzt. Eine Mähne schwarzer Haare, die unmöglich alle echt sein konnten, türmte sich auf dem Kopf einer zierlichen jungen Frau. Zu den Haarspitzen hin ging die schwarze Löwenmähne ins Grünliche über, was dem Ganzen einen nicht alltäglichen Touch verlieh. Der Bestatter erholte sich als Erster vom Anblick der ungewöhnlichen jungen

Frau, räusperte sich, nickte und wollte dann fortfahren, als ein heftiges Kopfschütteln ihrerseits ihn verstummen ließ.

»Ich wollte nur sichergehen, dass dieses Schwein auch wirklich unter die Erde kommt«, sagte die Löwenmähne nun mit Nachdruck.

Die Anwesenden erschraken, und Annelise stöhnte entsetzt auf und hielt sich ein Taschentuch vor den Mund.

»Aber meine Dame, ich muss doch sehr bitten!«, echauffierte sich der Bestatter.

»Sie können bitten, so viel Sie wollen, aber der da gehört verscharrt wie ein räudiger Hund, und ich bin froh, dass er tot ist.« Trotzig stampfte die Fremde mit dem Fuß auf, und noch ehe die Anwesenden sich rühren konnten, drehte sie sich um und lief wütend davon.

Erstaunt blickten die Damen ihr hinterher. Gudruns Lippen umspielte ein trauriges, wissendes Lächeln. Marga drehte sich zu den Freundinnen um und nahm aus den Augenwinkeln eine Bewegung wahr. Sie kniff die Augen zusammen und sah gerade noch, wie jemand hinter einem großen steinernen Engel verschwand. Schlagartig wich alles Blut aus ihrem Kopf, sie schwankte leicht. Annelise griff nach ihrer Hand, um sie zu stützen, und sah sie fragend an.

»Da drüben«, keuchte Marga.

Annelise und Gudrun blinzelten in die angegebene Richtung, konnten aber nichts Verdächtiges entdecken.

»Karl-Heinz«, presste Marga hervor.

Die Damen hielten angestrengt Ausschau. Der Bestatter starrte noch immer kopfschüttelnd der aufgebrachten Frau hinterher, so dass keiner bemerkte, wie sich zwei weitere Personen zu ihrer kleinen Gruppe gesellten.

»Geschafft«, schnaufte Sanna, und die Anwesenden zuckten heftig zusammen.

Der Bestatter verlor kurz die Kontrolle über die Urne und drückte sich diese dann fest an die Brust. Die alten Damen blickten Sanna und ihren Begleiter erschrocken an.

»Fräulein Sanna«, sagte Marga, richtete ihre großen Augen aber auf Kriminalkommissar Engel.

»Warum habt ihr mir denn nicht Bescheid gesagt? Ich kannte zwar Gustav nicht, aber schließlich wohne ich jetzt in seinem Zimmer. Nur gut, dass mir Lukas von dem Beerdigungstermin erzählt und mich gleich mitgenommen hat.« Verliebt schaute sie zu Lukas auf.

Diesem war Sannas offenherziges Geständnis ziemlich peinlich, ein sattes Rot in seinem Gesicht war die Folge. Er blickte die Damen mit gerunzelter Stirn an und nickte dann in Richtung der davoneilenden, wütenden Unbekannten.

»Wer war denn das?«, wollte er prompt wissen.

»Ach, nur eine von Gustavs Bekanntschaften«, sagte Marga ausweichend. Sie mussten diesem Kommissar ja nicht mit der Nase darauf stoßen, dass ihr ehemaliger Mitbewohner ein Schürzenheld und Erpresser gewesen war. Nachher bohrte er immer weiter, und sie hätten nie Ruhe.

Lukas löste seine Hand aus Sannas und eilte der Frau ohne eine Erklärung hinterher. Die Damen sahen sich erschrocken an. Erst als der Bestatter ungeduldig hüstelte, richteten sie ihre Aufmerksamkeit wieder auf die Beerdigung.

»Wollen wir dann fortfahren?«, fragte dieser gereizt.

Die Blicke der alten Damen huschten unsicher zwischen dem Kriminalkommissar und dem steinernen Engel, hinter dem Karl-Heinz verschwunden war, hin und her. Lukas Engel hatte die Fremde inzwischen eingeholt, aber die Damen konnten nicht hören, was die beiden besprachen.

»Da«, rief Marga wieder und zeigte auf einen großen Grabstein, der nur wenige Meter von ihnen entfernt war.

Mit einem Grinsen im Gesicht lehnte Karl-Heinz an dem verwitterten Stein und beobachtete sie. Gudrun wich instinktiv einen Schritt zurück und stolperte in Sannas Arme. Diese hatte Lukas erstaunt hinterhergesehen und so die erneute Aufregung der alten Damen nicht mitbekommen. Sie glaubte, dass Gudrun einen Schwächeanfall bekommen hätte, und stützte sie besorgt.

Als Lukas Gudrun straucheln sah, drückte er der Frau seine Visitenkarte in die Hand und bat sie, schnellstmöglich zur Polizeiwache zu kommen. Er wollte ihre Aussage zu Gustav Schütz unbedingt aufnehmen. Dann eilte Lukas zu den alten Damen zurück und wollte Gudrun seine Hilfe anbieten, aber diese schüttelte heftig mit dem Kopf und wehrte jede Hilfe ab.

»Man wird doch noch einmal stolpern können, ohne dass ihr mich gleich wieder ins Krankenhaus steckt. Jetzt lasst uns das hier zu Ende bringen!« Energisch drehte sie sich zum Bestatter um, der erleichtert und nun recht eilig seine Rede beendete.

Einige Minuten später war es dann endlich vorbei. Die Urne war versenkt, die Erde mit einer kleinen Schaufel ins winzige Grab geworfen worden, und der Bestatter eilte zum nächsten Termin.

Ein wenig verloren stand die kleine Gesellschaft noch einige Minuten am Grab. Sanna konnte sich das seltsame Verhalten ihrer Mitbewohnerinnen einfach nicht erklären. Nervös blickten diese sich um. Sannas Versuche, eine Konversation in Gang zu bringen, scheiterten kläglich. Schließlich lud Sanna alle auf ein Stück Torte in ein Café ein, aber die Damen schüttelten synchron mit den Köpfen. Eng aneinandergedrängt tippelten sie schließlich die lange Allee des Friedhofs entlang und ließen eine verdutzt blickende Sanna und Lukas einfach stehen.

»Sag mal, wer war denn die Frau mit den krassen Haaren?«, fragte Sanna ihn.

»Vielleicht eine Zeugin. Ich hab sie gebeten, zur Wache zu

kommen, da sie jetzt unbedingt zurück in ihren Laden musste«, antwortete Lukas ausweichend.

»Die sah aus wie Felicitas Nice«, sagte Sanna versonnen.

»Du kennst die?« Lukas runzelte die Stirn.

»Quatsch, das war doch nicht wirklich Felicitas Nice, oder?« Sanna japste aufgeregt nach Luft.

»Also, sie hat sich zwar als Felicitas Schöne vorgestellt, aber …«

»Oh, mein Gott! Weißt du überhaupt, wer das ist?«, fragte Sanna aufgeregt. »Die hat über eine Million Follower! Und die wohnt in Weimar? Das gibt's doch nicht!«

Lukas zog ein ahnungsloses Gesicht.

»Die ist ein Megastar bei Twitter und Instagram«, erklärte sie, zog Lukas ungeduldig hinter sich her und suchte die Umgebung nach der Löwenmähne ab. Als sie die Gesuchte nirgends mehr entdecken konnte, zog sie einen Schmollmund und blickte Lukas mit Dackelaugen an. »Wenn sie kommt, kannst du mir dann bitte, bitte Bescheid sagen? Ich würde sie so gerne einmal persönlich treffen.«

»Das geht nicht«, sagte Lukas sofort. »Das sind polizeiliche Ermittlungen, da kann ich doch nicht …« Weiter kam er nicht.

Sanna hatte sich umgedreht und stapfte eingeschnappt den Friedhofsweg Richtung Ausgang entlang. Lukas sah ihr perplex hinterher und folgte ihr schließlich kopfschüttelnd.

Am Abend hatten sich die Damen so weit von ihrem Schreck erholt, dass sie sich erneut auf den Weg zu Karl-Heinz machten. Sie wollten nicht warten, bis er wieder vor ihrer Tür stand. Sie wollten die Sache nun selbst in die Hand nehmen und irgendwie zu Ende bringen. Dieses Mal kamen keine Perücken und Regenmäntel zum Einsatz.

Sie fanden ihren Erpresser, wie vermutet, Bier trinkend an seinem Stammplatz vor. Die Damen waren nervös. Das eben noch schöne Wetter schlug um, und alle bedauerten, die Regenmäntel aus der Requisite nicht doch angezogen zu haben. Doch ein Gutes hatte der Regen: Die Männer verabschiedeten sich hastig und stoben in alle Himmelsrichtungen auseinander.

Beinahe hätten sie Karl-Heinz aus den Augen verloren, da dieser nicht zur Bushaltestelle ging, sondern seine Schritte Richtung Ilmpark lenkte. Die Schillerstraße leerte sich zusehends, und als sie ihrem Peiniger durch die Frauentorstraße und anschließend über den Marktplatz folgten, dämmerte es bereits. Wieder hätten sie ihn fast in dem immer stärker werdenden Regen verloren, doch Gudrun sah ihn gerade noch durch eine kleine Gasse in Richtung Stadtschloss schlüpfen. Die Damen hatten Mühe, Karl-Heinz zu folgen, da dieser forsch lief. Der Regen wurde heftiger, die Damen zogen ihre Schirme heraus und kämpften sich durch das Unwetter. Sie tippelten über die Schlossbrücke, und Marga wollte gerade vorschlagen, die Aktion zu beenden, als sie um ein Haar in Karl-Heinz hineinrannten. Er war mitten auf der Brücke stehen geblieben und versuchte, sich eine Zigarette anzuzünden. Als er begriff, wer da beinahe mit ihm zusammengeprallt wäre, lachte er spöttisch auf.

»Ihr könnt es wohl gar nicht abwarten, mich wiederzusehen?«

Die Damen erstarrten. Wie konnten sie sich nur gegen diesen furchtbaren Kerl wehren? Karl-Heinz packte Annelise, die ihm am nächsten stand, und zerrte sie ganz nahe an sein Gesicht. Eine Welle der Übelkeit übermannte sie, als sein Atem sie traf. Ihr knickten die Beine ein, so griff sie stützend nach dem Brückengeländer. Karl-Heinz beugte sich über sie und drückte sie fest gegen den Handlauf. Marga und Gudrun standen vollkommen reglos da. Die Schirme hatten sie gesenkt, dass der Regen an ihren Haaren abperlte und ihnen ins Gesicht lief.

»Ich weiß genau, was ihr alten Hexen vorhabt, aber so leicht wie der Gustav lass ich mich nicht beseitigen«, zischte er Annelise ins Ohr. »Ihr zahlt, bis ihr schwarz werdet.«

Annelise stöhnte vor Schmerz auf, als Karl-Heinz sie gegen das Geländer drückte.

»Du Schwein«, keuchte Marga und machte einen Schritt auf ihren Peiniger zu.

»Bleib, wo du bist, oder deine Freundin fliegt in die Ilm«, sagte Karl-Heinz drohend. »Und jetzt hört ihr mir genau zu! Ich erwarte jeden Monat einen Tausender von euch, dann werde ich meinen Mund halten und die Bullen nicht auf eure Spur locken. Und wenn ihr denkt, dass ihr davonkommt, weil ihr ja so liebe alte Damen seid, dann muss ich euch enttäuschen. Ich werde den Bullen genauestens schildern, wie Gustav euch abgezockt hat, und dann werden sie mir garantiert glauben.« Mit einem bösen Grinsen auf den Lippen drückte er Annelise, die ihm gerade einmal bis zum Kinn ging, fest an sich.

Ein leises Wimmern ließ Marga noch einen weiteren Schritt machen. Karl-Heinz zerrte Annelise halb über das Brückengeländer und lachte laut auf.

»Du kannst es wohl gar nicht erwarten, dass ich mich um dich kümmere. Deiner Freundin hat es doch bestimmt gut gefallen.« Mit einem lasziven Blick auf Gudrun leckte er sich über die Lippen.

Gudrun wankte einen Schritt zurück und griff nach Margas Hand.

»So, und jetzt, wo alles geklärt ist, erwarte ich die erste Zahlung morgen Nachmittag. Ich komme vorbei und hole das Geld ab.« Mit Schwung wirbelte er Annelise vom Geländer, packte sie mit der anderen Hand um die Taille und drückte ihr seinen übelriechenden Mund auf ihre vor Schreck geöffneten Lippen.

Gudruns Fingernägel krallten sich schmerzhaft in Margas Arm, wodurch sie wieder zu sich kam. Mit einem wütenden Grunzen stürmte sie auf Karl-Heinz zu, der Annelise noch immer umfasst hielt, und schleuderte ihm ihre Handtasche ins Kreuz.

Karl-Heinz ließ abrupt von Annelise ab und drehte sich mit einem gefährlichen Glitzern in den Augen um.

»Das wirst du mir büßen«, zischte er und schubste Annelise zu ihren Freundinnen.

Gudrun packte zitternd ihre Handtasche fester, und auch Annelise wischte sich angeekelt den Sabber vom Mund und straffte den Rücken.

Nahezu zeitgleich kam Bewegung in die Damen. Marga schleuderte noch einmal ihre Handtasche und versetzte Karl-Heinz einen Schlag ins Gesicht. Annelise und Gudrun stürzten vor und stießen Karl-Heinz so heftig an, dass dieser ins Straucheln geriet. Er hielt sich mit beiden Händen die blutige Nase. Durch den heftigen Regen war der Untergrund schlüpfrig. Karl-Heinz rutschte, verlor den Halt und prallte rücklings gegen das Brückengeländer. Seine blutigen Hände glitten über den Handlauf, wütend japste er auf.

Erst sah es so aus, als griffen sechs Hände helfend nach ihm, um ihn vom Geländer wegzuziehen, doch dann drückten sie ihn beinahe sanft über den Abgrund. Karl-Heinz starrte die Damen erstaunt an, zappelte mit den Beinen noch kurz in der Luft, dann kippte er lautlos über das Geländer.

Der Regen klatschte wütend auf sie hernieder. Die Damen standen einfach nur da, mitten auf der Brücke, und blickten mit weit aufgerissenen Augen in die Dunkelheit. Marga räusperte sich und griff nach Gudruns und Annelises Hand. Gemeinsam gingen sie ganz langsam, Schritt für Schritt, zum Brückengeländer und guckten in die Tiefe. Sie konnten nicht glauben, was sich gerade abgespielt hatte.

Das Wasser der Ilm gurgelte laut unter ihnen. Von Karl-Heinz keine Spur, der Fluss hatte ihn fortgespült.

13. Kapitel

Es war Samstagnachmittag, Veronika Vogel betrachtete ihre nagelneue Gartenschere. Endlich würde sie sich an ihre Buchsbäumchen machen und ihnen einen frischen Schnitt verpassen können. Am Abend wollten die Gartennachbarn zum Grillen kommen, am Sonntag würden sie die Säuberung ihres kleinen Gartenteiches in Angriff nehmen. Das Wetter war Gott sei Dank wieder besser, und Veronika Vogel war glücklich.

Dann klingelte ihr Telefon. Sie nahm das Gespräch widerwillig entgegen. Ihr eben noch so entspannter Gesichtsausdruck wandelte sich schlagartig. Die Enttäuschung war groß, warum nur mussten solche Sachen immer am Wochenende passieren? Konnten die Leute nicht bis Montagmorgen warten, um sich umzubringen?

Während sie zuhörte, schnitt sie mit der neuen Gartenschere wütend auf einen kleinen Buchsbaum ein und verpasste ihm ein nettes Muster. Lukas Engel, der gerade das kleine Türchen zur Gartenparzelle seiner Kollegin öffnete, betrachtete sie erstaunt.

»Das sieht echt gefährlich aus, was du da mit dieser Schere treibst«, sagte er, als Veronika Vogel das Gespräch beendet hatte.

Sie schaute verdutzt auf ihre Hand und den zerfetzten Busch: »Mist! Aber das ist doch wirklich ärgerlich. Ausgerechnet jetzt finden die eine Leiche am Ilmufer.«

»Deshalb bin ich gleich vorbeigekommen. Lass uns mal nachsehen, wen es da angespült hat. Vielleicht klärt sich die Sache ja schneller, als du denkst.« Lukas zwinkerte seiner Kollegin zu und hielt ihr demonstrativ die Gartentür auf.

»Ha! Als ob sich am Wochenende schon mal etwas schnell geklärt hätte. Da sitzen wir garantiert bis Montag dran.« Niedergeschlagen packte sie ihre Schere zurück in die Tasche, rief ihrem Lutz zu, dass sie wegmüsse, und schlurfte Lukas zum Dienstwagen hinterher.

»Otto, Karl-Heinz, Jahrgang '47, wohnhaft in Weimar-West«, las Lukas vom Personalausweis und verglich das Foto mit dem Leichnam.

»Unfall?«, fragte Veronika Vogel und betrachtete den alten Mann genauer.

»Sieht wie ein Trümmerbruch aus«, meinte Lukas und zeigte auf eine Stelle am Schädel. »Kann vom Sturz ins Wasser sein, oder von einem Gegenstand. Muss sich auf jeden Fall ein Rechtsmediziner ansehen.«

Veronika Vogel stöhnte laut auf und raffte ihren Mantel enger um sich.

»Brauchen wir die Spurensicherung hier vor Ort, oder können wir ihn ins Klinikum abtransportieren lassen? Hier ist er ja offensichtlich nicht ins Wasser gestürzt oder niedergeschlagen worden.« Sie wollte nicht die halbe Nacht im feuchten, kalten Park zubringen. Die Räume des Klinikums, die der Rechtsmedizin zur Verfügung gestellt wurden, waren zwar auch nicht gerade einladend, aber allemal besser, als hier herumzustehen.

»Warten wir wenigstens ab, bis alles fotografiert und dokumentiert ist, dann kann der Leichenwagen ihn wegbringen«, antwortete Lukas.

»Ich ruf schon mal bei der Rechtsmedizin an, vielleicht können die sich den Leichnam noch heute anschauen.« Veronika Vogel zückte ihr Handy.

Lukas war zwar auch nicht erfreut, am Samstagabend zu arbeiten, aber so eilig wie seine Kollegin hatte er es nicht. Sanna wollte ihre Eltern besuchen, und so hatte er nichts Dringendes zu tun. Er schritt flussaufwärts und suchte das Ufer ab. Sehr weit war der alte Mann bestimmt nicht getrieben, die Ilm war hier relativ flach und breit. Allerdings hatte es gestern Abend stark geregnet, weshalb der Pegel sicher gestiegen war. Gefunden hatte den leblosen Körper eine junge Frau, die mit ihrem Hund Gassi gegangen war. Der Mantel des Mannes hatte sich um eine Astgruppe gewickelt, und der Leichnam war daran hängen geblieben. Es würde sicher schwer werden herauszubekommen, wo genau der Mann ins Wasser gefallen war.

Lukas blickte auf und sah zur Schlossbrücke, ein Lächeln schlich über sein Gesicht, als er an das Picknick mit Sanna dachte. Und dann vorgestern Abend, es war einfach unglaublich gewesen. Wie im Film hatte sie ihn verführt und seiner Sinne beraubt. Jetzt erst konnte er verstehen, wie man aus Liebe einen Mord begehen konnte. Wenn Sanna etwas passieren würde, dann wüsste er auch nicht mehr, was er tun würde. Zwar hatte er schon zwei Freundinnen vor Sanna gehabt, aber dieses Mal, das spürte er genau, war es etwas ganz Besonderes.

»Hallo, Erde an Raumschiff«, riss Veronika Vogel ihn unsanft aus seinen Gedanken. »Wir haben Glück, die Kollegin aus Jena arbeitet dieses Wochenende und schaut sich unseren Toten in zwei Stunden an. Vielleicht haben wir ja doch noch etwas von unserem Wochenende. Wenn er ertrunken ist und keine Spuren von Gewalt gefunden werden, dann können wir die Ermittlungen ja getrost auf Montag verschieben.«

Hoffnung schwang in ihrer Stimme, weswegen Lukas es nicht über das Herz brachte, ihr seine Meinung zu sagen. Die Wunde am Kopf des alten Mannes sah ziemlich übel aus. Entweder hatte er einen Schlag bekommen und war dann in den Fluss geworfen worden oder er war gestürzt und ins Wasser gefallen. Aber normalerweise fiel man nicht einfach so in die Ilm. Er nickte also stumm und folgte ihr zum Dienstwagen. Die Zeit bis zur Obduktion verbrachten sie Kaffee trinkend im Büro, während sie ihre Berichte aufarbeiteten.

Kurz nach sieben Uhr wurden sie dann endlich ins Klinikum gerufen. Im Keller war ein Raum eingerichtet worden, der für Obduktionen genutzt werden konnte. Normalerweise wurden die Körper nach Jena ins Rechtsmedizinische Institut gebracht, aber manchmal untersuchte man einen Leichnam auch im nächstgelegenen Krankenhaus.

Als Lukas Engel und Veronika Vogel den provisorischen Obduktionsraum betraten, beugten sich bereits die Rechtsmedizinerin Katja Blume, ihr Assistent und der Präparator über den leblosen Körper. Alle waren in grüne Kittel gekleidet und trugen Mundschutz. Jede Stirn zierte eine ebenfalls grüne Haube. Lukas erkannte trotzdem auf einen Blick, wer hier wer war. Er hatte schon einige Male mit dem Team der Rechtsmedizin zu tun gehabt und wusste, dass sich hinter der großen, kräftigen Gestalt die Rechtsmedizinerin verbarg. Mit ihren Einmeterfünfundachtzig überragte sie ihren jungen Assistenten um einen halben Kopf.

Katja Blume blickte auf, zog den Mundschutz herunter und schenkte ihnen ein strahlendes Lächeln. Wieder einmal stellte Lukas erstaunt fest, was für eine schöne Frau sie war. Sie zeigte mit der Hand auf einen Ständer mit der grünen OP-Kleidung und wendete sich dann wieder dem Körper auf dem blanken Metalltisch zu. Der Präparator hatte den Leichnam von seiner Kleidung befreit, erste Proben genommen und die Körpertemperatur gemessen. Mit all den Daten, die sie jetzt sammelten, würden sie den Todeszeitpunkt eingrenzen können.

Veronika Vogel blieb im Hintergrund. Sie vertrug diesen Geruch, wenn ein Körper geöffnet wurde, einfach nicht und hatte sich auch in dreißig Jahren Berufserfahrung nicht daran gewöhnen können.

Lukas hingegen verfolgte die Obduktion interessiert. Bei der äußeren Leichenschau wurde der Körper genau betrachtet. Fanden sich Totenflecke und konnten diese noch weggedrückt werden? Dies würde Rückschlüsse zulassen, wie lange dieser Mann schon tot war. Hatte die Leichenstarre schon eingesetzt, war die Haut schon wächsern, gab es neben den typischen Treibverletzungen, die in einem Flussbett entstehen, weitere Wunden? Lukas beugte sich tief über den Tisch. Erst als der Präparator ein Brummen von sich gab, bemerkte er, dass er so die Untersuchungen behinderte. Er zog den Kopf zwischen die Schultern und trat eilig einen Schritt zurück, um die Rechtsmedizinerin ihre Arbeit machen zu lassen.

Zwei Stunden später saßen die Beamten mit Katja Blume in der Cafeteria des Klinikums. Während ihr Assistent und der Präparator den Leichnam herrichteten, gab die Rechtsmedizinerin eine erste Prognose zur Todesursache. Lukas stellte eine Flasche Wasser vor sie und wurde wieder mit ihrem bezaubernden Lächeln belohnt.

»Also, alles deutet darauf hin, dass dieser Mann ertrunken ist. Wie Sie selbst sehen konnten, hatte er einen Schaumpilz vor Nase und Mund, sein Mageninhalt war verwässert, und die Lungen waren überbläht, was ein sehr typisches Zeichen für ertrinken ist.«

Veronika Vogel wollte gerade einen Schluck von ihrem Kaffee nehmen, stellte die Tasse aber abrupt wieder auf den Tisch. Lukas lachte in sich hinein, sagte aber nichts.

»Lange kann er noch nicht im Wasser gelegen haben, da die Waschhautbildung noch nicht begonnen hat. Aufgrund der Körpertemperatur und der Leichenstarre würde ich über den Daumen gepeilt sagen, dass er gestern Abend ins Wasser gefallen ist.« Katja Blume trank einen großen Schluck Wasser und ließ ihren Blick besorgt auf der kreidebleichen Veronika Vogel ruhen.

Diese wedelte mit der Hand als Zeichen, dass es ihr gutginge und die Rechtsmedizinerin ruhig mit ihren Ausführungen fortfahren könne.

»Die Schädelfraktur hat er sich offensichtlich beim Sturz in die Ilm zugezogen, ich habe Kieselsteine in der Wunde gefunden. Ohnmächtig ist er durch den Sturz nicht geworden, aber er war mit Sicherheit desorientiert. Und sein Alkoholpegel war auch nicht unerheblich, so dass er letztendlich ertrunken ist.«

Lukas rutschte unruhig auf seinem Stuhl hin und her und platzte sofort mit einer Frage heraus:

»Können Sie sagen, aus welcher Höhe er gestürzt sein muss, um solch eine Schädelfraktur zu bekommen?«

Katja Blume schüttelte den Kopf. »Aber er ist mit Sicherheit nicht vom Ufer aus ins Wasser gefallen.«

Lukas dachte kurz nach, wobei ihm die Schlossbrücke vor Augen kam.

»Die Brücke, könnte er von der Schlossbrücke gestürzt sein?«

»Ja, das wäre eine Möglichkeit«, sagte die Rechtsmedizinerin.

»Und es finden sich keine Spuren von äußerer Gewalt?«, fragte Veronika Vogel hoffnungsvoll.

»Nein, außer den Verletzungen, die er sich im Flussbett zugezogen hat, und der Kopfwunde konnte ich nichts feststellen, was darauf hindeutet, dass er mit Gewalt in den Fluss gestoßen wurde.«

»Prima!«, stieß Veronika Vogel nun wieder besser gelaunt aus und hob entschuldigend die Augenbrauen, als sie Lukas genervten Blick auffing.

»Ich lass die Fingerabdrücke später noch durch die Datenbank laufen, aber mehr können wir im Moment wohl nicht machen.«

Katja Blume lächelte Veronika Vogel an, die bereits ihre Tasche unter dem Arm hatte.

»Dann bis Montag«, sagte die Kommissarin erleichtert und schlüpfte wieselflink aus der Cafeteria.

Lukas guckte seiner Kollegin kopfschüttelnd hinterher, bis ein kräftiger Schlag auf die Schulter ihn zurückholte. Es war die großgewachsene Rechtsmedizinerin.

»Ihre Kollegin hat es aber eilig. Und Sie sitzen hier noch grübelnd herum, wartet etwa niemand auf Sie am Samstagabend?«, fragte sie lachend und erhob sich ebenfalls. Sofort schoss Lukas das Blut in den Kopf, Katja Blume lachte laut auf. »Na, dann ab mit Ihnen, Liebende soll man nicht aufhalten.«

Traurig senkte Lukas den Kopf. Er hatte vorhin kurz mit Sanna telefoniert: Er durfte sie erst morgen wiedersehen, da sie bei ihren Eltern übernachten würde. Insgeheim hegte er den Verdacht, dass sie es langsam angehen wollte und ihn deshalb ein wenig auf Distanz hielt. Oder war sie etwa noch immer sauer auf ihn, weil er sie nicht bei der Zeugenbefragung der Löwenmähne dabeihaben wollte? Er schlich der Rechtsmedizinerin hinterher und verließ nachdenklich das Klinikum.

Die Damen hatten den ganzen Samstag wie auf heißen Kohlen gesessen. Unruhig waren sie in der Wohnung herumgetigert, hatten sich aber nicht getraut, diese zu verlassen. Gott sei Dank war Sanna am Freitagabend nicht nach Hause gekommen, sonst hätte sie die Panik, die Marga, Annelise und Gudrun erfasst hatte, bestimmt bemerkt. Sie hatten sich die halbe Nacht mit Vorwürfen geplagt, dass sie keinen Rettungswagen gerufen hatten. Aber die Situation war so unwirklich gewesen. Sie waren gleichzeitig entsetzt und erleichtert über das Geschehene.

Schließlich waren sie gegen zwei Uhr in ihre Zimmer gegangen und hatten versucht zu schlafen. Jetzt saßen sie seit Stunden in der Küche, tranken einen Tee nach dem anderen, und als das nicht half, holte Marga ihren selbstgemachten Brombeerlikör hervor.

»Es war Notwehr«, wiederholte Marga immer und immer wieder, und ihre Freundinnen nickten jedes Mal stumm vor sich hin.

Die Flasche war fast leer und der Tag beinahe vorüber. Noch immer war nichts in den Nachrichten zu hören von einem Toten in der Ilm. Als sie ein Geräusch an der Wohnungstür hörten, erbebten alle drei heftig. Es war Sanna. Sie kam in die Küche und sprudelte auch gleich los.

»Hallo, sorry, dass ich gestern nicht Bescheid gesagt habe, aber ich habe bei Lukas übernachtet.« Sie nahm die fast leere Flasche Likör und blickte die Damen strafend an. »Ihr habt mir ja gar nichts übrig gelassen?«, sagte sie schmollend.

»Ich hol noch eine«, sagte Marga und zuckelte aus der Küche.

»Au ja, wir betrinken uns heute«, sagte Sanna gutgelaunt.

»Was ist denn mit deinem Kommissar? Trefft ihr euch heute nicht?«, wollte Gudrun mit zittriger Stimme wissen.

Sanna wunderte sich nicht über das nervöse Verhalten der Damen. Langsam gewöhnte sie sich daran und dachte nicht länger darüber nach. Alte Leute werden nun einmal tatterig.

»Nö, ich will ihn noch ein wenig zappeln lassen, deshalb hab ich ihm auch gesagt, dass ich bei meinen Eltern übernachte. Außerdem haben wir vorhin kurz telefoniert. Und da hat er gemeint, er müsse wahrscheinlich das Wochenende arbeiten, da man einen Toten aus der Ilm gefischt hat.«

Annelise verschluckte sich am Tee, und Marga stolperte zur Küche herein.

»Hier«, sagte sie und knallte den Likör auf den Tisch.

Sanna sprang auf, holte sich ein Glas aus dem Schrank und schenkte allen großzügig ein. In der Zwischenzeit hatten sich die Damen ein wenig gefangen und stürzten das Getränk in einem Zug herunter. Sanna lachte und machte es ihnen nach.

14. Kapitel

Das Bild von der Schlossbrücke ließ Lukas nicht mehr los. Ganz früh am Morgen brach er auf und untersuchte systematisch Brücke und Geländer. Hier könnte der Mann hinuntergestürzt sein. Er blickte in das Wasser der nun wieder träge dahinfließenden Ilm. Dann beobachtete er die wenigen Leute, die hastig aus dem feuchtkalten Wetter ins Warme eilten.

In die Stille hinein klingelte sein Telefon. Eine aufgebrachte Veronika Vogel wollte wissen, wo zum Teufel er sich herumtreibe. Schnell erklärte Lukas ihr, wo er war, doch statt eines Lobes für seinen frühen Einsatz, bekam er nur ein abfälliges Schnauben.

»Was denkst du denn, da finden zu können? Du weißt außerdem überhaupt nicht, ob unser Mann von dieser Brücke gestürzt ist. Schwing deinen Hintern jetzt sofort ins Büro, der Staatsanwalt hat mich heute früh aus den Federn geklingelt und wollte unseren Bericht. Mach den Fall also bitte nicht komplizierter, als er ist. Du hast doch gehört, dass der Mann ertrunken ist«, nörgelte Veronika Vogel ungeduldig.

Lukas konnte sich genau vorstellen, wie seine Kollegin das Telefon wütend auflegte. Er konnte ja verstehen, dass sie ihr Wochenende nur ungern opferte. Aber nur weil sie in ihren Garten wollte, würde er den Fall nicht einfach zu den Akten legen. Er hatte ein komisches Gefühl, und dem würde er nachgehen.

Als er in der Dienststelle ankam, war der Staatsanwalt schon wieder verschwunden, und Veronika Vogel hatte ihre Tasche unter dem Arm und war bereit zum Aufbruch.

»Wo willst du denn hin?«, fragte Lukas misstrauisch und sah seine Kollegin schon in ihrem Garten ein Beet umgraben. Oder was man halt so macht in einem Garten.

»Ich dachte, wir schauen uns noch schnell bei diesem Karl-Heinz Otto zu Hause um. Familie hatte er keine, weder Frau noch Kind. Wir versiegeln die Wohnung, und wenn nichts weiter anliegt würde ich dann gerne …«

»In deinen Garten gehen«, vervollständigte Lukas ihren Satz.

»Genau. Also los«, drängelte sie.

»Schau mal, da drüben wohne ich«, sagte Lukas und zeigte auf einen großen Wohnblock, als Veronika Vogel nach Weimar-West und dann auch noch in seine Straße fuhr. Nur einen Hauseingang weiter hatte Lukas seine Einraumwohnung.

Veronika Vogel sah sich hastig um und eilte zur Eingangstür, dann blieb sie verwirrt stehen.

»Wer soll sich denn hier bitte zurechtfinden? Das ist ja Wahnsinn. Wie viele Leute wohnen eigentlich in so einem Betonklotz?«, fragte sie mit Blick auf die Klingeltafel.

»Bestimmt so viele wie in deinem gediegenen Wohnviertel.«

»Echt?« Skeptisch versuchte sie die Klingelschilder zu zählen, gab aber entnervt auf.

»Ist hier auch fast wie ein Dorf«, meinte Lukas und grinste.

»Na, das ja wohl kaum. Hier kennt doch kaum jemand seinen Nachbarn, schon gar nicht den halben Wohnblock.«

Wie um ihre Worte Lügen zu strafen, schlurfte eine alte Frau in Hauspuschen und Kittelschürze auf sie zu und blaffte sie an, hier nicht Maulaffen feilzuhalten.

»Zu wem wolln sen?«, fragte sie ungeduldig, als die Beamten sie verdutzt ansahen.

»Otto, Karl-Heinz?«, brachte Veronika Vogel hervor.

»Is ja mächtig jefragt, der olle Suffkopp«, antwortete die Alte.

»Sie kennen den?« Veronika Vogel konnte es kaum fassen.

»Ich kenn hier fast jeden, wohn schon über dreißich Jahre hier.«

»Ein Dorf, sag ich ja«, kicherte Lukas.

Veronika Vogel rollte mit den Augen. Niemals würde sie in so einen Kasten ziehen. So etwas mit ihrem Viertel zu vergleichen kam einer Gotteslästerung nah. Lukas betrachtete belustigt das Gesicht seiner Kollegin und las darin wie in einem offenen Buch. Natürlich konnte er die Vorurteile verstehen, aber er fühlte sich wohl in seiner Platte.

Ungeduldig scharrte die Alte mit dem Fuß.

»Und Sie sind Frau …«, fragte Lukas.

»Griske, 58D«, motzte sie ihn an. »Un wer sin Sie? Wohnen tun Se jedenfalls nich hier. Obwohl …« Sie kniff ihre Augen zusammen und musterte Lukas mit stechendem Blick. »Sie hab ich schon mal jesehn, Sie wohnen enen Block weiter.«

Veronika Vogel schnappte nach Luft.

»Genau«, lachte Lukas laut auf, dann zog er seine Dienstmarke hervor und stellte sich als Kripobeamter vor.

»Hat der Otto was ausjefressn?«, fragte die Griske beinahe lüstern.

»Er ist tot«, sagte Lukas.

»So, so. Na ja, war ja zu erwarten. Nachdem seine Frau vor vier Jahren jestorbn is, hat der das Trinken anjefang. War ja ständich mit senen Kumpanen off Sauftour.« Grimmig schüttelte sie den Kopf.

»Können Sie uns jetzt bitte zeigen, wo Herr Otto gewohnt hat?«, fragte Veronika Vogel ungeduldig.

»76A«, schnaubte die Griske und machte Anstalten, sie zur Wohnung zu begleiten.

»Danke, Frau Griske, wir schaffen das schon. Schließlich wohne ich selber in so einem Block, da kenn ich mich aus.« Mit einem energischen Kopfnicken in Richtung Fahrstuhl forderte er seine Kollegin zum Aufbruch auf.

»Wir fahren in die sechste Etage und laufen dann noch eine hoch«, sagte Lukas, als er den Fahrstuhlknopf drückte.

»Die Sechs is jesperrt«, plärrte ihnen die Griske noch hinterher, dann schlossen sich die Türen.

Nach etlichen Flüchen und jeder Menge Stufen standen sie endlich vor der Wohnung 76A. Lukas kramte den Hausschlüssel hervor, den sie in Karl-Heinz Ottos Jacke gefunden hatten, und schloss auf. Sie traten ein und prallten aneinander, da Veronika Vogel abrupt stehen geblieben war und nach Luft schnappte. Dann stürzte sie zum Fenster und riss es auf.

»Boha, was für ein Altmännermief«, rief sie und hielt den Kopf in die frische Luft.

»So was passiert eben, wenn den Männern die Frauen wegsterben und sie dann ganz alleine in ihrer Bude hocken. Die Lebenserwartung geschiedener oder verwitweter Männer sinkt dann rapide. Hab ich letztens erst gelesen«, dozierte Lukas und begann die Wohnung zu inspizieren.

»Na, ich hab nicht vor, eher den Löffel abzugeben als mein Lutz«, murmelte Veronika Vogel und dachte wieder an die Senioren-WG.

Noch einmal tief Luft holend trat sie ins Zimmer zurück. Angewidert ließ sie ihre Blicke über die schäbige Einrichtung gleiten. Die Schrankwand war mit Staubflusen überzogen, die Sofaecke war fleckig, und auf der gräulichen Auslegware fanden sich jede Menge Zigarettenlöcher. Auf dem Tisch drängelten sich Bierflaschen neben Wein und härteren Sachen.

Lukas übernahm das Schlafzimmer, da er seiner Kollegin das Wühlen in dreckigen Unterhosen ersparen wollte. Der Geruch wurde hier noch intensiver. Lukas zog mit spitzen Fingern die zerknüllte Bettdecke beiseite. Fleckige Laken kamen zum Vorschein. Schnell warf er die Decke beiseite. Sein Blick fiel auf einen Geldschein, der unter dem Kopfkissen hervorlugte.

Er hob das Kissen an und schnappte nach Luft.

»Fast zehntausend Euro! Die hat der sich doch nie im Leben selber zusammengespart«, meinte Veronika Vogel, nachdem sie das Geld gezählt hatten.

Jetzt mussten sie auch noch die Vermögensverhältnisse dieses Herrn überprüfen. Und wer wusste schon, was noch alles so ans Tageslicht kommen würde. Sie schnaubte wütend und gab sich dann geschlagen, der Garten musste warten.

Nachdem Lukas noch einen kleinen, unangenehmen Plausch mit Frau Griske geführt hatte, fuhren sie nun in die Innenstadt. Die Alte hatte ihm erzählt, dass Otto sich immer am Nachmittag mit seinen Kumpels zum Saufen auf dem Theaterplatz getroffen habe. Sie habe ihn dort jeden Donnerstag gesehen, wenn sie vom Frisör gekommen sei.

Verstohlen hatte Veronika Vogel den Haarschopf der Alten gemustert und neidlos bemerkt, dass die Dauerwelle noch eins a saß. Jedes Löckchen war da, wo es hingehörte, nur am Hinterkopf war eine plattgedrückte Stelle zu sehen gewesen. Schnell hatte sie über ihre eigene, kupferfarbene Pagenfrisur gestrichen und versucht, ihren Wirbel am Hinterkopf zu verdecken.

Als sie sich eine halbe Stunde später auf dem Theaterplatz umsahen, war es bereits Mittagszeit. Außer einer Schülergruppe, die sich vor dem Goethe-Schiller-Denkmal fotografierte, war nicht viel los. Nur ein paar Jugendliche nutzten den Platz und die Treppe vor dem Theater, um mit ihren Skateboards neue Tricks auszuprobieren. Die Bänke um den Platz waren von müden Touristen belegt. Von Karl-Heinz Ottos Saufkumpanen war nichts zu sehen.

Die Polizisten beschlossen, dem Sonntag doch noch ein, zwei nette Stunden abzugewinnen und fuhren gemeinsam in Veronika Vogels Kleingartenanlage. Lutz Vogel schmiss den Grill an, und so verbrachten sie eine gemütliche Mittagspause bei Bratwurst und alkoholfreiem Bier. Später fuhren sie zur Dienststelle, schließlich mussten noch etliche Berichte geschrieben werden.

Gegen fünf machten sie sich erneut auf den Weg zum Theaterplatz. Jetzt hatten sie Glück. Vier ältere Männer saßen auf einer Bank, ein wenig abseits der Besucherströme. Sie unterhielten sich leise. Ab und zu hörte man das Klacken der aufeinanderstoßenden Flaschen, wenn sie sich zuprosteten. Lukas schlenderte langsam auf die Gruppe zu und fragte, ob er sich setzen könne. Erstaunte Blicke trafen ihn, aber man lud ihn ein, sich zu setzen. Lukas stellte sich leise als Kripobeamter vor, und noch ehe lautstarkes Gebrüll einsetzen konnte, erzählte er ihnen von Karl-Heinz Otto. Die geöffneten Münder, die eben noch protestieren wollten, dass sie hier nur friedlich ein Bierchen tranken, schlossen sich wieder.

»Tot? Der Kalle?«, fragte der Mann neben Lukas.

Er war eigentlich recht ordentlich gekleidet, nur eben ein wenig schmuddelig. Das knittrige Gesicht des Alten verzog sich zu einer traurigen Fratze.

»Prost, Alter, wo immer du jetzt och bist«, sagte er und hielt seine Flasche in die Luft.

Seine Kumpane glotzten ihn kurz an, dann hoben sie ebenfalls ihre Flaschen und stießen gemeinsam auf ihren toten Freund an.

»Wir haben bei Herrn Otto fast zehntausend Euro gefunden. Wissen Sie etwas von dem Geld?«, fragte Lukas.

»Mhm, er hat wo letztens ma so was erwähnt, aber wir ham gedacht, der spielt sich nur off«, sagte der Mann neben dem Knittergesicht.

Er schien der Älteste in der Runde zu sein, sein ungepflegter

Vollbart war grau und zottelig, und Lukas konnte beinahe sehen, wie das Ungeziefer darin krabbelte.

»Hat was gefaselt, dass er dem Justav seine Weiber übernommen hat und jetzt absahnt. Dabei war der Justav ein ganz anderes Kaliber, der hätte sich doch nie mit dem Kalle zusammengetan«, sagte der Alte neben Lukas und zupfte ihn am Ärmel.

Lukas rückte ein Stück von ihm ab, da er der Bierfahne nicht näherkommen wollte, aber der Alte rutschte hinterher. Vertrauensselig bot er ihm sogar eine Flasche Bier an. Als Lukas dankend ablehnte, nickte er wissend.

»Weeß schon, bist im Dienst.«

Lukas nickte ebenfalls. Konnte es sein, dass der Alte Gustav Schütz meinte? Frauengeschichten hatte dieser ja zur Genüge gehabt und dabei seine Opfer noch um beträchtliche Summen erleichtert. »Hieß dieser Justav, von dem sie eben sprachen, zufällig Gustav Schütz?«, fragte er nach.

»Jepp«, rülpste der Krausbart.

»Noch mal zum Mitschreiben«, sagte Lukas aufgeregt. »Karl-Heinz Otto und Gustav Schütz kannten sich? Und beide sind innerhalb von wenigen Tagen gestorben.« Das konnte doch unmöglich Zufall sein, dachte er.

»Vielleicht ham sich die Weiber gewehrt und beede um die Ecke gebracht?«, grunzte Knittergesicht, und der Rest der Gruppe fiel in das Gelächter mit ein.

Dann hoben sie wieder ihre Flaschen und prosteten erneut ihrem verstorbenen Kumpel zu.

»Hat einer der beiden mal einen Namen erwähnt? Eine Frau, mit der sie Kontakt hatten? Irgendetwas, was uns weiterhelfen könnte?«

Die Männer sahen sich schulterzuckend an, Krausbart wühlte in seinen Bartzotteln, die beiden anderen schoben nur ihre Mützen tiefer in die Stirn und nahmen noch einen Schluck.

»Der Justav war ja nur ganz selten ma hier, der hatte ja alle Hände voll mit seinen Weibergeschichten zu tun«, sprach schließlich Knittergesicht.

»Also keine Namen?«, fragte Lukas enttäuscht. Die Männer schüttelten synchron mit den Köpfen.

»Und dieser Karl-Heinz?«, fragte Lukas weiter, wurde aber kopfschüttelnd von seinem Sitznachbarn unterbrochen.

»Keener hat dem die Geschichte geglaubt, aber seit een paar Tachen hat uns der Kalle immer eenen ausgegeben«, sagte Krausbart nachdenklich.

»Eine Frage hätte ich allerdings noch. Wo wollte der Kalle, also der Herr Otto, Freitagabend noch hin? Das Wetter war schlecht, es hat wie verrückt geregnet«, hakte Lukas noch nach.

»Hat er nich gesacht. Als der Rechen losging, hamer gemacht, dass wir wechkommen.« Ein weiterer Rülpser folgte seinen Worten, dann stand Krausbart auf und erklärte lautstark, jetzt mal pissen zu müssen.

Lukas hatte genug gehört, er winkte seine Kollegin heran, die die Zeit mit dem Studium der Programmvorschau fürs Nationaltheater genutzt hatte, und berichtete ihr von seinem Gespräch mit den Männern. Doch sehr zu seinem Leidwesen sprang Veronika Vogel nicht darauf an. Sie rollte nur mit den Augen und blickte hilfesuchend gen Himmel.

»Du bist der reinste Verschwörungstheoretiker. Du suchst also jetzt nach einer mysteriösen Frau, die beide Männer umgebracht hat, ja?«, fragte sie bissig. »So eine Art schwarze Witwe?«

»Na ja, vielleicht eher nach einer grauen Witwe. Schließlich sind beide Männer irgendwie verunfallt«, meinte Lukas kleinlaut.

»Und du meinst nicht, dass es wahrscheinlicher ist, dass dem Otto einer von seinen Saufkumpanen aufgelauert hat? Schließlich soll er in letzter Zeit mit dem Geld nur so um sich geworfen haben, wenn's stimmt, was die Männer sagen.« Veronika Vogel blickte Lukas stirnrunzelnd an. »Verrenn dich mal nicht in abstruse Theorien, sondern schau auf das Naheliegende. Vielleicht nehmen wir uns am Montag diese Herren da drüben noch einmal genauer vor. Jetzt jedenfalls mach ich Feierabend. Wir sehen uns morgen, dann hör ich mir deine Hirngespinste wieder an.« Es fehlte nicht viel und sie hätte ihm aufmunternd in die Wange gekniffen, so wie sie es bei ihren Enkeln immer tat. Sie zog die Hand aber noch rechtzeitig zurück, drehte sich mit Schwung auf dem Absatz um und stürmte davon.

Lukas atmete tief ein und aus und schüttelte sich. Dann würde er eben allein weitermachen. Zuerst musste er noch einmal mit diesen alten Damen reden. Vielleicht waren sie ja diese mysteriösen Frauen, von denen der Krausbart gesprochen hatte, obwohl er sich das eigentlich nicht vorstellen konnte. Aber schließlich hatte er bei ihnen gewohnt. Vielleicht war eine von ihnen ja auf Gustav Schütz hereingefallen? Allerdings würde Sanna nicht sehr erfreut sein, wenn er die alten Damen zu sehr unter Druck setzte.

Es kam, wie er befürchtet hatte. Sanna war wütend. Das Glitzern in ihren Augen erlosch, als er sich aus ihrem liebevollen Griff wandte und ihr erzählte, warum er gekommen war. Nun starrte sie ihn böse an und setzte sich provokativ in die Küche, wo bereits die Damen des Hauses warteten. Marga hatte ihren Spezialtee aufgebrüht, und nun saßen alle vor ihren dampfenden Tassen und blickten Kriminalkommissar Lukas Engel unsicher an. Er hatte ihnen kurz eröffnet, dass er dienstlich hier sei und noch einige Fragen habe.

»Sagten Sie nicht, dass der Fall abgeschlossen sei, junger Mann?«, fragte Gudrun leise.

»Also ja, der Fall Gustav Schütz ist abgeschlossen. Ich wollte Sie zu einem anderen Todesfall befragen«, sagte Lukas und trank schnell einen Schluck Tee, was er sofort bereute.

Sanna beobachtete Lukas genau und konnte sich ein hämisches Grinsen nicht verkneifen.

»Was denn für ein anderer Todesfall?«, fragte Annelise mit belegter Stimme. Sie zog ein besticktes Stofftaschentuch aus ihrem Blusenärmel und tupfte sich die Nase.

»Wir haben gestern einen gewissen Karl-Heinz Otto leblos am Ufer der Ilm aufgefunden, und es gibt Hinweise darauf, dass er mit Gustav Schütz bekannt war.« Lukas schaute die Damen scharf an. Als keine Reaktion auf seine Worte folgte, sprach er weiter: »Hatte Herr Schütz in der Zeit, die er hier gewohnt hat, vielleicht Besuch von diesem Herrn?« Er zog die Kopie des Personalausweises mit Ottos Foto darauf aus der Manteltasche und legte sie auf den Küchentisch.

Die Damen sahen sie flüchtig an und schauten dann schnell wieder weg. Synchron schüttelten sie mit den Köpfen. Lukas fand das Verhalten der Damen sehr verdächtig. Waren sie noch immer so traumatisiert vom Tod ihres Mitbewohners, oder verschwiegen sie etwas? Hatte doch eine von ihnen nähere Bekanntschaft mit Gustav Schütz geschlossen und war um ihr Geld betrogen worden? Und konnte dieses Geld, das sie nun bei Karl-Heinz Otto gefunden hatten, ebendieses Geld sein, überlegte Lukas und blickte die Damen an.

Plötzlich klingelte sein Telefon. Nur wiederwillig löste er seinen Blick von den dreien. Es war die Rechtsmedizinerin Katja Blume, die ihm aufgeregt mitteilte, dass es einen Treffer in der Fingerabdruckdatenbank gebe. Erstaunt lauschte Lukas ihren Ausführungen. Nach zwei Minuten verabschiedete er sich knapp, und dieses Mal durchbohrten seine Blicke die alten Damen regelrecht.

»Haben Sie mir wirklich nichts zu erzählen?«, fragte er lauernd.

Unruhig ruckelten die Damen auf ihren Stühlen.

»Ich habe gerade erfahren, dass die Fingerabdrücke von Karl-Heinz Otto in Ihrem Keller sichergestellt wurden. Offensichtlich war dies der Mann, der Sie überfallen hat.« Lukas war laut geworden, und die Damen schrumpften auf ihren Stühlen zusammen. »Wollen Sie mir allen Ernstes erzählen, dass Sie Ihren Angreifer nicht wiedererkennen? Er hatte seine Hände um Ihren Hals, Sie müssen sich also vis-à-vis gegenübergestanden haben.«

»Ich hab niemanden erkannt, es war ja stockdunkel«, heulte Gudrun auf.

Plötzlich sprang Sanna auf und zog an seinem Mantel.

»Ich glaube das reicht!«, sagte sie bestimmt. »Du lässt die Damen jetzt in Ruhe. Du hast ja gehört, dass sie diesen Mann nicht kennen.«

»Sanna, das ist eine offizielle Befragung. Da kannst du mich nicht einfach so rausschmeißen.« Verdattert ließ Lukas sich von Sanna aus der Küche zerren.

»Und ob ich das kann!« Mit diesen Worten schubste sie ihn aus der Wohnungstür und schlug diese wütend hinter ihm zu.

Geschlagene fünf Minuten stand Kriminalkommissar Lukas Engel dann vor der Tür der Senioren-WG und konnte sich nicht entschließen, noch einmal zu klingeln. Würde er den Bogen überspannen, dann riskierte er vielleicht Sanna, und das durfte auf keinen Fall passieren. Niedergeschlagen schlich er schließlich nach Hause.

15. Kapitel

Weimar. Ein 70-jähriger Mann wurde am Samstagmorgen leblos am Ufer der Ilm von einer Fußgängerin aufgefunden, wie die Polizei in Weimar mitteilte. Der Mann stürzte aus bislang ungeklärter Ursache in den Fluss, erlitt schwere Kopfverletzungen und ertrank. Sachdienliche Hinweise zum Geschehen nimmt jede Polizeidienststelle entgegen.

Zitternd hielt Gudrun die Zeitung und las langsam Wort für Wort, dann reichte sie diese an Annelise weiter. Nachdem auch Annelise stumm den Artikel gelesen hatte und immer bleicher geworden war, nahm Marga ihr ungeduldig die Zeitung aus den Händen.

»Und nun?«, fragte Annelise leise.

»Nichts und nun. Keiner hat was gesehen oder gehört, und wir müssen ja nun echt kein schlechtes Gewissen wegen diesem Kerl haben, basta! Das war ein Schwein, durch und durch«, brauste Marga auf.

Gudrun nickte und zupfte unablässig Wollfädchen von ihrem Kaschmirpullover.

»Und wenn doch jemand etwas beobachtet hat?«, schluchzte Annelise und zog wieder eines ihrer Spitzentaschentücher hervor, tupfte sich schnell, bevor Marga es sah, eine Träne aus den Augenwinkeln, aber Marga kannte diese Geste an Annelise und seufzte genervt auf.

»Wisst ihr was? Wir fahren in den Urlaub«, sagte sie energisch. »Packt für ein paar Tage etwas ein, dann machen wir es uns in meinem Dorf gemütlich. Dort kommen wir bestimmt auf andere Gedanken.« Mit sich und ihrem Vorschlag zufrieden nickte Marga den beiden aufmunternd zu.

»Muss es unbedingt dein Kuhkaff sein?«, nörgelte Gudrun.

»Na ja, wenn du Geld für Mallorca hast, dann können wir auch dahin«, sagte Marga bissig.

Gudrun war kurz perplex.

»Auf nach Dörfli also«, sagte sie dann zähneknirschend und stand auf.

Wie ein Schwarm Bienen schwirrten die Damen die nächste Stunde in der Wohnung herum und packten. Sanna lugte neugierig aus ihrem Zimmer und erfuhr von den Urlaubsplänen ihrer Mitbewohnerinnen. Betreten stand sie im Flur und schaute den Damen traurig zu. Irgendwie fühlte sie sich schuldig. Bestimmt hatte Lukas mit seinen Fragen zu diesem anderen Toten die Damen so aus der Bahn geworfen.

Seit sie Lukas gestern Abend vor die Tür gesetzt hatte, waren die Damen nervös und schreckhaft. Jedes Türenklappern hatte sie zusammenzucken lassen. Und dann hatten sie sich in Annelises Zimmer zurückgezogen, wo Sanna sie noch bis spät in die Nacht hatte flüstern hören. Sie konnte sich diese Unruhe einfach nicht erklären, aber vielleicht wurden alte Leute eben seltsam, dachte sie bei sich. Wieso musste sich Lukas auch wie ein Arsch benehmen? Als ob die alten Damen etwas mit den Todesfällen zu tun hätten! Wahrscheinlich sah er jeden durch seine Polizistenbrille und vermutete immer irgendwo ein Verbrechen. Vielleicht war es doch besser, wenn sie die Finger von ihm ließ.

Bei dem Gedanken zog sich ihr Magen ganz fest zusammen, und eine leichte Übelkeit übermannte sie. Nein, sie wollte ihn nicht abschießen, sie würde noch einmal mit ihm reden und ihm klarmachen, dass er die Damen in Ruhe lassen musste, sonst würde das mit ihnen nichts werden.

Eine Stunde später war die Wohnung still und leer. Zu gern wäre Sanna mit den Damen aufs Land gefahren, aber sie musste für ihre Zwischenprüfung büffeln. Mit hängenden Armen ging sie in die Küche und setzte einen starken Kaffee auf. Bei den Damen gab es ja immer nur Tee, aber sie brauchte heute etwas Stärkeres. Gerade als die Maschine durch lautstarkes Rattern anzeigte, dass der Kaffee fertig war, klingelte es. Lukas stand vor der Tür.

»Privat oder dienstlich?«, fragte Sanna streng.

»Eigentlich beides«, seufzte Lukas.

»Falsche Antwort!« Sanna knallte die Tür zu.

»Komm schon, lass mich rein!«, bettelte Lukas durch die geschlossene Tür.

»Die Damen sind nicht da.« Sanna schaute vorsichtig durch den Türspion und blickte in Lukas traurige Augen.

»Lass mich rein, es tut mir leid.«

»Nur wenn du wirklich zu mir willst«, schmollte sie.

»Nur zu dir, ich schwöre!«

Sanna öffnete die Tür einen Spaltbreit.

»Und was willst du?«, fragte sie leise.

»Dich.« Lukas drückte die Tür auf und zog Sanna an sich.

»Immer nur dich«, flüsterte er ihr ins Ohr.

»Oh, na dann …«, konnte sie noch hauchen, dann schlossen Lukas' Lippen ihren Mund.

Vergessen waren die Damen und alles um sie herum. Sie zog ihn in ihr Zimmer, und sie liebten sich still und verzweifelt. Sanna, weil sie gerade noch darüber nachgedacht hatte, mit Lukas Schluss zu machen. Und Lukas, weil er ein schlechtes Gewissen hatte, da er hier eigentlich ermitteln wollte. Aber irgendwie war das, was da mit ihnen passierte, stärker als alle Bedenken.

Als sie anschließend erschöpft nebeneinander lagen, brachte es keiner von ihnen fertig, die romantische Stimmung zu zerstören. Lukas erkundigte sich nicht nach den Damen, und Sanna war mehr als froh darüber. Sie schoben ihre Bedenken für diesen Moment einfach beiseite.

»Komm schon, sonst verpassen wir noch den Bus«, rief Marga und eilte voraus.

Ihr kleiner Koffer hüpfte lustig hinter ihr her, als sie ihn über das Kopfsteinpflaster zerrte. Gudrun stand schon mit einem Bein im Bus und flirtete mit dem Busfahrer.

»Wo soll es denn hingehen?«, fragte er Gudrun gerade, als er Marga erkannte, die ihren Koffer zur Tür hereinwuchtete. Er kannte Marga, da sie in regelmäßigen Abständen den Überlandbus nahm und er mittlerweile wusste, wo seine Stammkundschaft ein- und ausstieg.

»Das sind meine Freundinnen. Wir fahren ein paar Tage zu mir«, keuchte sie nach Luft schnappend.

Der Fahrer erhob sich ein wenig aus seinem Sitz und schaute nach draußen, wo Annelise mit ihrem Gepäck kämpfte. Die kleinen Räder ihres Koffers blieben immer wieder zwischen den Steinen hängen.

»Blödes Kopfsteinpflaster«, murmelte sie vor sich hin, zog und zerrte an dem Koffer und gab schließlich genervt auf, um ihr Gepäck die letzten Meter zum Bus zu tragen.

»Dreimal also«, sagte der Fahrer und lächelte die Damen an.

Marga zückte einen Zehneuroschein und wollte damit ihre Fahrkarten bezahlen, als der Busfahrer den Kopf schüttelte.

»Schon wieder teurer geworden?«, fragte sie.

Der Fahrer nickte beschämt.

»Kannst du ja nix für, mein Junge«, tröstete Marga ihn und kramte das Restgeld aus ihrem Portemonnaie.

»So, die Damen, machen Sie es sich gemütlich, die Fahrt durchs Weimarer Land beginnt.« Mit diesen Worten schloss er die Tür des Busses, zwinkerte den Damen noch einmal zu und fuhr los.

Gudrun schaute sich erstaunt um und stellte fest, dass außer ihnen nur noch ein älterer Mann mit im Bus saß. Noch erstaunter allerdings war sie, als der Bus auf seinem Weg anscheinend alle Dörfer der Umgebung anfuhr. In Mellingen stieg der Mann aus und eine junge Frau dafür zu. In Köttendorf stießen zwei ältere Frauen zu ihnen, die offenbar beide ihre Hörgeräte nicht dabeihatten, da sie sich lautstark unterhielten. Gudrun verdrehte die Augen und blickte zu Annelise, aber die schaute fasziniert aus den großen Fenstern und genoss die Fahrt sichtlich.

Immer weiter schlängelte der Bus sich über kleine Landstraßen, vorbei an brachliegenden Feldern und winzigen Ortschaften. Als die Fahrt durch das wunderschöne kleine Örtchen Öttern weiter nach Buchfahrt ging, wies Annelise immer wieder verzückt auf die alten Höfe der Dörfer und freute sich über die üppigen Farben der Natur. In Buchfahrt wendete der Bus und fuhr über die noch erhaltene, denkmalgeschützte und aufwendig sanierte überdachte Holzbrücke über der Ilm. Gudrun rutschte unruhig auf ihrem Sitz hin und her.

»Kommen wir jemals in deinem Kaff an, oder kutschieren wir bis an unser Lebensende hier durch die Gegend?«, fragte sie Marga.

»Jetzt hab dich nicht so! Wir haben den Bus erwischt, der alle Dörfer abfährt.« Sie blickte auf ihre altmodische Armbanduhr und meinte dann: »Dauert schon noch ein Weilchen. Wir müssen noch durch Mechelroda, Kiliansroda, Linda, Maina, Ottstedt …«

»Hör auf, da brummt einem ja der Schädel«, unterbrach Gudrun die Aufzählung. Sie ließ sich mit einem Stöhnen in die Polster sinken und schloss die Augen.

In Maina stiegen die lärmenden Omas endlich aus, und zehn

Minuten später durften auch die Damen den Bus verlassen. Annelise schaute sich glücklich lächelnd um. Jetzt würde sie endlich die kleinen Kätzchen wiedersehen, die sie bei ihrem letzten Aufenthalt hier besucht hatte. Bestimmt waren sie nun auch alt genug, so dass sie die beiden grauen Katerchen mit nach Hause nehmen konnte.

Gudrun reckte und streckte sich, nachdem sie endlich aus diesem verdammten Bus raus waren. Für eine Strecke, die mit dem Auto vielleicht zwanzig Minuten gedauert hätte, waren sie heute beinahe anderthalb Stunden unterwegs gewesen. Sie schüttelte noch einmal mit dem Kopf und inspizierte dann die Umgebung. Die Bushaltestelle lag verlassen da, und wo sie auch hinschaute, alles war menschenleer. Sie schnappte sich ihren Koffer und folgte Marga, die schon ein Stück vorausgegangen war.

Wie an einer Perlenschnur reihte sich Hof an Hof die Dorfstraße entlang. Bei einigen Höfen standen die großen Holztore weit offen, und man konnte einen Blick auf das Dorfleben erhaschen. Traktoren standen dort, Hühner scharrten im Dreck, und überall zierten mehr oder weniger kunstvoll ausgeschnittene Halloweenkürbisse die Mauern oder Eingangstüren. Gudrun hielt so angestrengt nach anderen Leuten Ausschau, dass sie die Pferdeäpfel vor ihren Füßen übersah und mitten hineintapste. Ein schmatzendes Geräusch entstand, als sie ihren Stiefel aus dem Haufen zog. Sie schnappte nach Luft und wollte gerade mit einer deftigen Schimpftirade beginnen, als ein dunkles Lachen sie abrupt innehalten ließ.

»Herzlich willkommen«, sagte ein stattlicher älterer Mann und blickte sie interessiert an.

Er sah gar nicht wie ein typischer Bauer aus, fand Gudrun. Unter einem verwegenen Cowboyhut blitzte sie ein freches Augenpaar an. Gudrun wurde fast ein bisschen rot unter den intensiven Blicken des Mannes und ärgerte sich im selben Atemzug darüber. Auch der restliche Aufzug des Mannes ähnelte mehr dem eines Cowboys als dem eines Bauern. Schwere Stiefel schauten unter der verwaschenen Jeans hervor, das karierte Hemd vervollständigte seinen Aufzug.

»Ich mach das gleich weg«, sagte er und nickte in Richtung Pferdeäpfel.

»Ach, Sie haben Pferde?«, fragte Gudrun und kam sich sofort albern vor. Natürlich hatte er Pferde, wer sonst hatte wohl diesen Haufen da gekackt? Wütend auf sich hackte sie ihren Stiefel ins Gras, um ihn zu säubern.

»Wenn Sie Lust auf einen Kaffee haben? Dann kann ich auch gleich Ihren Schuh saubermachen«, sagte der Fremde und schmunzelte noch etwas frecher.

Gudrun klappte die Kinnlade herunter. Was erlaubte dieser Kerl sich eigentlich? Sie ging doch nicht mit wildfremden Männern auf einen Kaffee mit. Gerade wollte sie ihm das ins Gesicht schleudern, als sie schon wieder unterbrochen wurde.

»Herbert, lässt du meine Freundin erst einmal ankommen, bevor du sie mit deinem Charme erschlägst«, rief Marga laut. »Das ist Herbert, unser Nachbar. Vor dem musst du dich in Acht nehmen, das ist unser Dorfcasanova.«, sagte Marga an ihre Freundin gewandt und schritt lachend weiter. Gudrun beeilte sich hinterherzukommen. »Pass ja auf, bestimmt will er dir gleich noch seinen Rammler zeigen«, kicherte Marga und öffnete die Hoftür zu einem großen Vierseithof.

Ehrfürchtig drehte Gudrun sich im Kreis und bestaunte den Hof. Die Fassade des Wohnhauses war im Fachwerkstil gehalten. Daran schlossen sich rechts und links Scheunen mit großen braunen Toren an. Die Scheune gegenüber dem Wohnhaus hatte einen entzückenden Laubengang, der überwuchert von Efeu und den letzten Blättern der Jungfernrebe grün und rot leuchtete. Die Sonne schien genau auf die Rankpflanzen und ließ alles intensiv erstrahlen. Als Gudrun sich ein wenig von der Farbenpracht erholt hatte, kam sie noch einmal auf Margas Nachbarn zu sprechen.

»Sag mal, du glaubst doch nicht im Ernst, dass ich mit so einem Dörfler gleich beim ersten Treffen in die Kiste steige und mir seinen Rammler zeigen lasse«, sagte sie empört.

»O Gudrun, ich habe von seinem preisgekrönten Kaninchenrammler gesprochen, nicht von seinem Willi.« Marga grinste und zerrte ihren Koffer ins Haus.

Gudrun verdrehte die Augen und grummelte: »Kann ich ja nicht wissen, was die hier alles für Viehzeug haben.«

Gudrun wäre bestimmt nicht mit aufs Dorf gefahren, wenn sie nicht ständig an den Überfall im Keller denken müsste. Eigentlich war die Gefahr ja auch gebannt. Ihr Erpresser war tot, und niemand würde ihr mehr etwas antun, aber noch fühlte sie sich nicht sicher, wenn sie allein in der Wohnung war. Ein paar Tage auf dem Dorf würde sie schon überstehen. Vielleicht nahm sie das Angebot des gutaussehenden Nachbarn auch an. Schließlich musste sie sich irgendwie die Zeit vertreiben, und Hühner füttern oder Kühe melken waren nun mal so gar nicht ihr Ding. Sie folgte Marga ins Haus und trat in eine geräumige Wohnküche.

»Oh, Marga, es ist einfach reizend hier«, schwärmte Annelise mit einer großen, fetten, grauen Katze im Arm und hockte sich auf die hölzerne Küchenbank.

Marga setzte das obligatorische Teewasser auf und scheuchte Gudrun ebenfalls auf einen Stuhl.

»Wie konntest du das nur alles aufgeben?«, fragte Annelise weiter und streichelte hingebungsvoll das seidige Fell.

Marga zuckte mit den Schultern und blickte traurig.

»Natürlich fehlt mir das hier alles schrecklich, aber manchmal geht es eben nicht anders. Wenn ihr meinen Bruno kennenlernt, dann versteht ihr mich vielleicht.«

Gudrun und Annelise sahen sich verständnislos an. Plötzlich war im Flur ein lautes Poltern zu hören.

Ein Mann trat durch die Tür und blieb abrupt stehen. An seinen schwarzen Gummistiefeln klebten Stroh und Mist, Arbeitshose und Jacke starrten ebenfalls vor Dreck. Den krönenden Abschluss bildete eine Mütze, die bestimmt schon seinem Vater gehört hatte. Am furchteinflößendsten waren jedoch seine Blicke, die er wie Kugeln durch die Küche schoss. Jede der Damen wurde mit einem finsteren Blick taxiert. Schließlich durchbohrten seine Blicke Marga. Die sonst so taffe Frau wurde kreideweiß und wich erschüttert einen Schritt zurück.

»Was willst du hier?«, spuckte Bruno die Worte heraus.

Marga straffte den Rücken, machte sich wieder groß, trat trotzig an den Herd zurück und goss, scheinbar in aller Seelenruhe, den Tee auf.

»Ich habe meine Freundinnen eingeladen, ein paar Tage hier zu wohnen. Das ist immerhin auch noch mein Zuhause«, sagte sie leise und versuchte, ihre Stimme nicht zittern zu lassen.

Bruno kam auf sie zu und hob die Hand, als ein lautes »Vater« ihn stoppte. Ein großer, kräftiger Mann Mitte vierzig stand in der Tür. Bruno Maier drehte sich ruckartig um, fixierte seinen Sohn mürrisch und polterte fluchend aus der Küche. Alle hatten die Luft angehalten und atmeten nun erleichtert auf. Marga nahm ihren Sohn in den Arm und drückte ihn fest.

»Das ist mein Martin«, sagte sie stolz. »Er hat den Hof mit seiner Frau Bettina und seinem Sohn Benny übernommen und versucht nun, den Betrieb auf Öko umzustellen.«

Martin lächelte gequält und nickte den Damen freundlich zu.

»Wenn Vater mir nicht immer dazwischenfunken würde«, sagte er genervt.

Marga streichelte ihm tröstend über den Arm und stellte ihre Freundinnen vor.

»Annelise kennst du ja schon, und das ist Gudrun, sie wohnt auch in unserer WG. Wir wollen ein paar Tage Urlaub hier machen. Du hast doch sicher nichts dagegen?«

Martin schüttelte lachend den Kopf und verabschiedete sich dann wieder, um mit dem Traktor die letzten Strohballen vom Feld zu holen. Bald würde das Wetter umschlagen, dann wollte er alles im Trocknen haben.

Nach dem Tee bezogen sie ihre Zimmer. Gudrun und Annelise bekamen ein Gästezimmer mit Doppelbett, und Marga richtete sich wie immer, wenn sie auf dem Hof zu Besuch war, im ehemaligen Kinderzimmer ihres zweiten Sohnes ein. Dieser hatte in Dresden studiert und später an der Universität einen Vertrag als Dozent bekommen. Ihn zog es nicht ins Dorf zurück. Thomas war schwul und lebte mit einem netten Mann zusammen, was allerdings nur Marga wusste. Immer wenn er an Feiertagen zu Besuch kam, kam er allein. Marga fand es traurig, aber sie überließ ihrem Sohn die Entscheidung, es öffentlich zu machen oder lieber im Verborgenen zu lieben.

Alles könnte so einfach sein, wenn ihr Mann nicht so ein sturer, intoleranter Bock wäre. Bruno hatte sie vor bald fünfzig Jahren kennengelernt. Ein Jahr später waren sie bereits verheiratet gewesen. Er war noch nie ein geselliger Typ gewesen, aber mit den Jahren wurde ihr Mann immer einsiedlerischer. Weder zur Kirmes noch zu einem Stammtisch war Bruno in den letzten zwanzig Jahren gegangen. Hinter allem und jedem vermutete er eine Intrige gegen sich und hatte Marga und seinen Söhnen damit das Leben oft zur Hölle gemacht. Und so war Marga zwar einerseits sehr froh über ihr Zimmer in der Senioren-WG. Manchmal aber zerrte das Heimweh doch schmerzlich an ihr.

16. Kapitel

Mit einem klitzekleinen schlechten Gewissen betrat Veronika Vogel am Montagmorgen das Dienstzimmer. Sie atmete auf, als sie Lukas' Platz noch leer vorfand. Offensichtlich hatte er sich beruhigt und beharrte nicht weiter darauf, den Fall des ertrunkenen Karl-Heinz Otto komplizierter zu machen, als er war. Ihr Wochenende war leider nicht so verlaufen, wie sie sich das gewünscht hatte. Nicht nur, dass sie die meiste Zeit hatte arbeiten müssen, zu allem Übel hatte sich ihr Lutz auch noch einen Männerschnupfen eingefangen, und sie hatte sich stundenlang sein Gejammer anhören müssen. Es stimmte schon: Kranke Männer sind ätzend.

Veronika Vogel ließ sich erschöpft auf ihren Stuhl sinken, als es zaghaft an der Tür klopfte. Was sie dann zu sehen bekam, war Frisörkunst vom Feinsten. Die Dame, die ihren Kopf ins Dienstzimmer steckte, schmückte eine Lockenpracht, die unmöglich echt sein konnte. Wie bei einem Pudel verschwand das kleine Gesicht, dessen Lippen offenbar Wörter formten, beinahe unter einem Berg blonder Schillerlöckchen. Die Kripobeamtin klappte ihren offen stehenden Mund laut zu und fragte nach dem Begehr. Vor lauter Staunen hatte sie nicht mitbekommen, was die Pudeldame gesagt hatte.

»Ich soll mich hier melden«, piepste diese und reichte Veronika Vogel eine Visitenkarte von Kriminalkommissar Lukas Engel.

»So, so«, sagte diese gedehnt und überlegte, ob sie vielleicht wieder einmal nicht zugehört hatte, als Lukas ihr von diesem exotischen Wesen berichtet hatte.

»Und warum genau hat mein Kollege Sie hierher bestellt?«, fragte sie deshalb lieber nach.

»Ich soll eine Aussage über Gustav Schütz machen, aber ich kannte den gar nicht persönlich. Ihr Kollege hat mich auf dem Friedhof angesprochen und herbestellt.«

Veronika Vogel fixierte die Frau und klickte ungeduldig mit ihrem Kugelschreiber.

»Und was wollen Sie zu diesem Fall aussagen?«, fragte sie barscher als beabsichtigt.

»Das weiß ich ja eben nicht«, schmollte die Pudeldame nun. Sie zog einen Flunsch und schüttelte ihre Schillerlöckchen.

»Aber mein Kollege hat Sie doch nicht einfach so auf dem Friedhof angesprochen und herzitiert, ohne dass Sie etwas mit Herrn Schütz zu tun hatten?« Veronika Vogel reichte es langsam mit diesem Gustav Schütz. Für sie war der Fall längst vom Tisch, nur Lukas musste immer wieder damit anfangen. »Wissen Sie was? Hinterlassen Sie beim Pförtner einfach Ihre Personalien, und wenn mein Kollege Sie noch sprechen will, dann meldet er sich bei Ihnen.« Veronika Vogel war aufgestanden und schob die verdutzte Pudeldame aus dem Zimmer.

»Und deshalb musste ich meine Termine verlegen? Wer zahlt mir denn jetzt den Ausfall?«, zeterte diese und wand sich wütend aus dem Griff der Beamtin.

»Lassen Sie sich unten ein Formular geben, da können Sie Ihre Kosten eintragen.« Mit diesen Worten hatte Veronika Vogel die Frau aus dem Zimmer geschoben und machte schnell die Tür hinter ihr zu.

Hoffentlich hatte Lukas nicht noch mehr Leute herbestellt, dachte sie und warf sich stöhnend auf ihren Bürostuhl zurück. Ihr Blick blieb an einer Akte auf ihrem Schreibtisch hängen. Sie zog die Augenbrauen hoch, als sie sah, dass es sich um die Auswertung der Spurensicherung im Fall Gudrun Schwarz handelte.

Als Lukas eine Stunde später zur Tür hereinstürmte, saß Veronika Vogel still auf ihrem Stuhl. Lukas entschuldigte sich kurz für sein Zuspätkommen und stellte seiner Kollegin einen To-go-Becher Kaffee auf den Schreibtisch. Veronika Vogel erwachte aus ihren Grübeleien und schnüffelte erstaunt.

»Wo hast du den denn her?«, fragte sie und kostete vorsichtig das Getränk.

»Ich war noch kurz bei Sanna, da ist gleich um die Ecke so ein kleines Café«, antwortete Lukas und wurde wieder einmal rot unter den interessierten Blicken seiner Kollegin.

Schnell wechselte er das Thema und berichtete von seinem gestrigen Gespräch mit den Bewohnerinnen der Senioren-WG. Keine der Damen wollte die Wasserleiche gekannt haben.

»Aber was hast du denn da Interessantes?«, versuchte er von seinem roten Kopf abzulenken.

Noch immer grinste seine Kollegin ihn wissend an. Wenn Veronika Vogel ihn erst einmal in der Mangel hatte, dann kam er da nicht ohne intime Details wieder heraus, befürchtete er.

»Das ist die Spurenauswertung von der alten Dame, die im Keller überfallen worden ist. Stell dir vor, die haben da Fingerabdrücke von unserer Wasserleiche gefunden.« Veronika Vogel nahm noch einen vorsichtigen Schluck vom heißen, aber köstlichen Latte Macchiato.

Lukas nickte und berichtete vom späten Anruf der Rechtsmedizinerin.

»Aber eigentlich wussten wir ja schon, dass Gustav Schütz und Karl-Heinz Otto sich kannten. Was jetzt der Überfall auf Gudrun Schwarz damit zu tun hat, darüber können wir wohl nur spekulieren. Schütz und Otto sind tot. Und mit den Damen hast du ja schon gesprochen, die kannten den Otto nicht.« Für Veronika Vogel war es nur ein interessantes Detail und auf keinen Fall ein Grund, die Ermittlungen in die Länge zu ziehen, aber Lukas sah das anders.

»Aber das passt doch genau ins Bild«, meinte er. »Karl-Heinz Otto hat bestimmt die alte Dame aus der Senioren-WG überfallen. Die Fingerabdrücke im Keller waren noch nicht von anderen Abdrücken überlagert, bestimmt hat er das Geld im Keller gesucht und gefunden. Ich verstehe nur nicht, warum Frau Schwarz darauf besteht zu behaupten, ihren Angreifer nicht gesehen zu haben.«

»Vielleicht hat sie einfach nur Angst?«, warf Veronika Vogel ein.

»Das hab ich auch erst gedacht, aber jetzt ist Karl-Heinz Otto ja tot, also braucht sie auch keine Angst mehr zu haben. Das ist doch komisch.«

»Oder der Otto hat so rein gar nichts mit dem Überfall zu tun, und deshalb kann Gudrun Schwarz ihn auch nicht identifizieren. Vielleicht steigerst du dich da einfach zu sehr rein?« Veronika Vogel sah ihren jungen Kollegen beinahe zärtlich an.

»Haben wir eigentlich das Geld, das wir bei Karl-Heinz Otto gefunden haben, auf Fingerabdrücke untersuchen lassen?«, fragte Lukas und kramte auf seinem Schreibtisch nach den Unterlagen.

»Nee, wieso auch?«, seufzte Veronika Vogel resigniert.

»Dann hätten wir unseren Beweis, dass Otto sich das Geld aus dem Keller vom Schütz geholt hat. Der wusste offensichtlich davon.«

»Ja, schon. Aber was bringt uns das?«, maulte Veronika Vogel weiter.

»Wahrscheinlich hast du recht«, gab Lukas sich für den Moment geschlagen.

»Aber irgendwie hab ich eben ein komisches Gefühl. Ach, ich weiß auch nicht, warum ich mich da so festbeiße«, gab er schließlich kleinlaut zu.

»Ich schon.« Seine Kollegin zwinkerte schelmisch.

»Ach so, das hätte ich fast vergessen, da war vorhin so ein seltsames blondes Wesen da, eine Frau, die eine Aussage machen wollte, aber nicht wusste, was sie aussagen sollte. Du hast sie angeblich auf dem Friedhof aufgegabelt und herbestellt.«

Lukas sah ahnungslos aus.

»Ja, mehr weiß ich auch nicht«, sagte Veronika Vogel und strich sich über ihre Pagenfrisur. »Die sah aus wie ein zersprengter Pudel. Ich hab ihr gesagt, sie soll ihre Daten beim Pförtner hinterlassen, falls du sie noch sprechen willst.«

Lukas blickte zweifelnd und sah im Geiste noch einmal die Frau vom Friedhof vor sich. Er war sich ganz sicher, dass diese halblange, glatte und tiefschwarze Haare mit einem Stich ins Grünliche hatte. Ob sie da tatsächlich von derselben Person sprachen, überlegte er und nahm noch einen Schluck Kaffee.

»Wenn nichts Dringendes anliegt, dann erledige ich das jetzt gleich«, sagte er und war auch schon wieder aus der Tür, bevor Veronika Vogel Einspruch einlegen konnte.

»Na super, und ich darf mich hier wieder um den Schreibkram kümmern«, schmollte sie ein wenig.

Ach was soll's, dachte sie. Sollte der Bursche sich doch die Haxen ablaufen, schließlich war sie in einem Alter, in dem man sich schon ein wenig von seinen jungen Kollegen verwöhnen lassen konnte. Sie nahm noch einen Schluck des köstlichen Latte und war wieder versöhnt.

Lukas ließ sich beim Pförtner den Namen und die Adresse der frühen Besucherin geben und machte sich auf den Weg nach Oberweimar. Hier betrieb Felicitas Schöne einen kleinen Frisörsalon, las er von der Visitenkarte, welche sie dem verdutzten Pförtner wütend durch den Sprechschlitz geworfen hatte.

Da sein Weg ihn an der Senioren-WG vorbeiführte, hielt er kurzentschlossen noch einmal an. Er berichtete kurz, zu wem er auf dem Weg war, und schon saß Sanna im Dienstwagen. Er setzte seine Fahrt nach Oberweimar fort und lächelte still vor sich hin, während Sanna aufgeregt plapperte.

Lukas fuhr die Belvederer Allee entlang, über die Steinbrücke und dann in die dahinter gelegene Wohnsiedlung. Obwohl er Weimar wie seine Westentasche kannte, machten ihm die Einbahnstraßen und die Straßenführung in diesem Teil der Stadt wieder einmal zu schaffen, so dass er erst nach einigen Minuten das richtige Haus ausfindig machen konnte. Ein dezentes Schild wies den Frisörsalon Felicitas Schönes aus.

Lukas drückte auf die Klingel. Ein Summen ertönte, Lukas und Sanna traten in den Vorbau der kleinen Villa. Aus den Kellerräumen drangen Stimmen. Die beiden gingen vorsichtig die Stufen hinunter. Nach zwei Treppenabsätzen kamen sie um eine Ecke und standen zwei Damen gegenüber, die sie erstaunt musterten. Bevor Lukas etwas sagen konnte, kam eine der Frauen auf ihn zu und zog ihn auf einen der Frisörstühle. Sanna wurde mit einem Nicken ein Stuhl neben dem Waschbecken zugewiesen.

»Einen kleinen Moment noch, dann bin ich gleich für Sie da«, sagte die Frau.

Lukas blinzelte sie überrascht an. War das die Frau, die er auf dem Friedhof getroffen hatte? Aber er konnte sich doch genau an schwarze Haare erinnern, während diese Frau hier eine orangefarbene Pagenfrisur trug.

Während der Möhrenkopf eine andere Kundin unter eine Trockenhaube platzierte, blickte Lukas sich interessiert um. Neben mehreren Frisörstühlen gab es noch ein mobiles Waschbecken, was ihm sofort Schauer über den Rücken jagte. Wo waren nur die schönen alten Waschbecken geblieben, in denen man sich nach vorn beugen und die Luft anhalten musste? Heutzutage verrenkte man sich in so einer Nackenablage und kam mit Genickschmerzen vom Frisör. Lukas hatte früher seine Oma jeden Freitag in den Salon Sybille begleitet und dort immer einen Lolli bekommen, daher mussten für ihn Frisörsalons auch möglichst wie zu Omas Zeiten aussehen. Hier war es ihm eindeutig zu modern.

Sein Blick glitt durch eine offen stehende Tür und blieb an einer auffällig frisierten Schaufensterpuppe hängen. Hatte seine Kollegin nicht etwas von einer Pudelperücke erzählt? Neugierig beugte er sich vor und erblickte eine weitere Puppe. Diese war mit einem Haarteil geschmückt, das er schon kannte: Es waren die halblangen schwarzen Haare, die er auf dem Friedhof gesehen hatte. Auch Sanna stand staunend in der Tür und studierte die Perücken. Also war der Möhrenkopf wohl Felicitas Schöne, schlussfolgerte Lukas.

Sein Stuhl wurde plötzlich herumgewirbelt, und sein Kopf landete im mobilen Waschbecken. Noch ehe er protestieren konnte, drückte die Frisörin seinen Nacken in die Mulde des Waschbeckens und begann, sein Haar abzubrausen. Da Lukas sich nicht ohne heftige Gegenwehr aus dem Griff würde befreien können, ließ er die Frau in Orange gewähren. Als sie das Shampoo auftrug, hatte er sich wieder im Griff.

»Also, Frau Schöne, eigentlich bin ich nicht wegen eines neuen Haarschnittes hier. Sie wollten mir erzählen, was Sie auf dem Friedhof am Grab von Gustav Schütz so aufgeregt hat.«

Schmerzhaft wühlten sich Finger durch Lukas Haare.

»Erst einmal mache ich Ihnen einen ordentlichen Haarschnitt, dann können wir reden.«

Sanna kicherte los und fragte aufgeregt: »Sie sind doch Felicitas Nice, oder?«

Die Frisörin lächelte geschmeichelt.

»Mit dem Verkauf der Perücken kann ich inzwischen meinen Laden über Wasser halten. Ich hätte mir nie träumen lassen, so einen Erfolg im Netz zu haben. Und mittlerweile verdiene ich darüber sogar mehr, als der Laden hier abwirft.«

»Aber Ihre Haarteile sind ja auch echt der Hammer«, sagte Sanna aufgeregt.

»Na ja, Sie haben das nicht nötig, bei Ihrer tollen Mähne«, antwortete Felicitas Schöne und blickte neidisch auf Sannas langes rotes Haar.

»Aber was Sie da zaubern, ist doch viel krasser.«

Lukas konnte dem Gespräch der beiden Frauen nicht folgen, da ihm das Wasser nun um die Ohren rauschte. Unruhig zappelte er in seinem unbequemen Sitz. Endlich wurde ihm ein Handtuch um den Kopf geschlungen und dieser mit einem kleinen Schubs aus dem Waschbecken befördert. Dann rubbelten ihm kräftige Hände gefühlte zehn Minuten lang die Haare trocken, bevor er endlich wieder Herr all seiner Sinne war.

Das Gespräch der Frauen drehte sich immer noch um die Erfolge von Felicitas Nice auf Twitter und Instagram. Lukas verdrehte genervt die Augen. Dann nahm die Frisörin die Schere in die Hand, und Lukas wurde ganz still.

»Aber nicht zu kurz«, sagte er, als ihm all die Besuche mit seiner Oma im Salon Sybille einfielen. Seine Oma hatte immer auf einen Acht-Millimeter-Kurzhaarschnitt bestanden, für den er anschließend tagelang als Glatzkopf in der Schule ausgelacht worden war.

Sanna bemerkte Lukas' Unwohlsein nicht. Sie plauderte munter weiter und ermutigte ihr Idol auch noch, Lukas einmal einen anständigen Haarschnitt zu verpassen. Die nächsten zwanzig Minuten konzentrierte Lukas sich auf das Geräusch der Schere, die sich durch sein Haupthaar kämpfte. Als er einen kleinen Schlag auf den Oberarm spürte, öffnete er die Augen. Im Spiegel saß ihm ein Typ mit Yuppiefrisur gegenüber. Sanna stand plötzlich ganz still neben ihm und begutachtete ihn.

»Wow, du siehst heiß aus«, säuselte sie.

Lukas drehte und wendete den Kopf, nickte sich dann anerkennend im Spiegel zu und stand schnell aus dem Frisörstuhl auf.

»Würde es Ihnen etwas ausmachen, wenn meine Freundin nebenan wartet, während wir uns unterhalten?«, fragte er und nickte in Richtung Nebenzimmer.

Felicitas Schöne nickte, und schon war Sanna im Zimmer verschwunden, man hörte nur noch leise verzückte Seufzer, während sie die aufgereihten Perücken betrachtete.

»Also, was war das für ein Auftritt von Ihnen auf dem Friedhof?«, begann Lukas die Befragung.

Die Frisörin seufzte, kontrollierte noch einmal die Temperatur der Trockenhaube ihrer anderen Kundin und setzte sich dann in einen ihrer Frisörstühle.

»Ich wollte nur sichergehen, dass Gustav Schütz auch wirklich tot ist. Wissen Sie, der hat meine Oma so richtig abgezockt. Das Geld war eigentlich für meinen Laden gedacht gewesen, aber als Oma diesen Gustav kennengelernt hat, war plötzlich alles anders.« Den Namen Gustav hatte sie förmlich ausgespuckt. Man sah ihr an, wie angeekelt sie von diesem Mann war.

»Kannten Sie Herrn Schütz persönlich?«, fragte Lukas nach.

»Einmal hat sie ihn mir vorgestellt, aber der war mir auf Anhieb unsympathisch, so dass ich auf ein zweites Treffen gerne verzichtet habe. Die große Liebe hat er ihr vorgespielt, und sie ist da voll drauf reingefallen.« Ungläubig schüttelte Felicitas Schöne ihren orangefarbenen Bob. »Man müsste doch annehmen, dass man im Alter vernünftiger ist, aber …« Verzweifelt zuckte sie mit den Schultern und schaute ratlos.

»Hat Ihre Großmutter denn eine Anzeige gemacht, und kann ich sie einmal persönlich sprechen?«

»Nein«, schluchzte Felicitas Schöne auf. »Meine Oma ist vor zwei Jahren gestorben. Und nein, sie hat diesen Mistkerl nicht angezeigt. Aber dieser Verbrecher hat meine Oma auf dem Gewissen. Sie hat sich so geschämt, dass sie auf ihn und seine Masche hereingefallen ist und ihm mein Erbe hinterhergeworfen hat. Zwanzigtausend Euro hat sie ihm für eine Finca auf Mallorca in bar ausgezahlt, wo sie beide angeblich ihren Lebensabend verbringen wollten. Die Finca hat es natürlich nie gegeben, aber meine Oma konnte später nicht beweisen, dass er das Geld bekommen hat.«

Lukas kniff die Augen zusammen und zupfte an seiner neuen Frisur.

»Haben Sie Gustav Schütz vielleicht später einmal besucht, um ihn zur Rede zu stellen?«

»Pfff, im Leben nicht«, blaffte Felicitas Schöne. »Es war reiner Zufall, dass ich die Todesanzeige gesehen habe. Eigentlich bin ich auch nur hin, um zu sehen, ob da noch mehr Frauen sind, denen er so übel mitgespielt hat. Aber als ich dann die drei alten Damen gesehen habe, wollte ich nur noch schnell weg.«

»Sie wissen, dass Gustav Schütz unter, sagen wir einmal, ungewöhnlichen Umständen zu Tode gekommen ist?«, fragte Lukas lauernd.

»Was denn für ungewöhnliche Umstände? Hat sich doch eine gewehrt und ein wenig nachgeholfen?« Trotzig lachte sie auf.

»Und wenn ich jetzt Ihre Fingerabdrücke nehme und mit den Spuren aus der Wohnung von Gustav Schütz vergleiche? Was denken Sie, würden wir da finden?«

Prustend lachte Felicitas Schöne den Kripobeamten aus.

»Rein gar nichts werden Sie da finden. Ich hab diesen Gauner nicht auf dem Gewissen, aber leid um ihn tut es mir nun wirklich nicht. Wenn Sie mit Ihren abstrusen Verdächtigungen nun fertig sind, dann würde ich Sie bitten zu gehen. Ich habe noch zu tun.«

Wie aufs Stichwort begann die Trockenhaube der Kundin zu piepsen. Lukas nickte frustriert und winkte Sanna zu sich. Er kramte einen Geldschein aus seiner Tasche, legte ihn wortlos auf den kleinen Tresen und verließ den Raum fluchtartig. Sanna folgte ihm enttäuscht und winkte ihrem Internetidol noch einmal entschuldigend zu, bevor sie Lukas hinterherstürmte.

»Was war denn das jetzt?«, fragte sie keuchend, als sie Lukas am Auto eingeholt hatte.

»Wieder nur eine Sackgasse«, sagte Lukas und ließ den Wagen an.

»Vielleicht solltest du endlich Ruhe geben. Es war ein Unfall und sonst nichts«, sagte Sanna und rollte mit den Augen.

17. Kapitel

Die Damen lebten sich schnell ein auf dem Land. Annelise war glücklich mit ihren kleinen Kätzchen, und wenn sie nicht bei den Katzenbabys war, dann streifte sie auf tierischer Mission durchs Dorf. Sie führte stundenlang den Hofhund Gassi und genoss es, mit den Dorfbewohnern zu plaudern. Dabei erfuhr sie den alten und neuesten Tratsch und berichtete dann am Abend gutgelaunt den Freundinnen davon. Jede Katze, die ihr im Dorf begegnete, wurde begutachtet, und Annelise fahndete nach ihren Besitzern. Immer eine Dose Katzenfutter in der Tasche streunte sie, ganz wie die Katzen, durch die Gegend. Schon einige Tage später nannte man sie im Dorf nur noch die Katzen-Ani.

Gudrun tat sich etwas schwerer mit dem Einleben. Die Freundin auf ihren Streifzügen begleiten wollte sie nicht, und Marga im Stall bei den Kühen helfen kam auch nicht infrage. Blieb also nur noch der Nachbar mit seinem Rammler. Wie zufällig schlenderte Gudrun des Öfteren am Hof vorbei und linste unauffällig hinein. Marga hatte ihr erzählt, dass Hermann Mitte sechzig und alleinstehend war. Seine Frau war ihm wohl vor Jahren davongelaufen, seitdem kümmerte er sich allein um seine kleine Landwirtschaft. Eigentlich wollte sie ja die Finger von allen Männern lassen, aber was sonst sollte sie in diesem Kaff mit sich anfangen?

Als Gudrun einmal wieder gedankenverloren vor Hermanns Hof herumlungerte, passierte es. Hermann bog knatternd mit seinem Traktor von der Dorfstraße ab, um in seinen Hof zu fahren, als Gudrun plötzlich mitten im Weg stand. Die großen Traktorreifen rutschten laut über den Schotter und kamen nur Zentimeter vor Gudrun zum Stehen. Entsetzt starrte sie auf die riesigen Räder und wurde blass. Hermann sprang aus dem Traktor und wollte die Stadttussi gerade zurechtstutzen, als sie ihm kraftlos in die Arme sank. Er griff beherzt zu und brachte die unter Schock stehende Frau in seine Küche.

»Mensch Mädel, das hätte aber böse ausgehen können«, sagte er und schraubte eine Flasche Johannisbeerlikör auf.

Er goss Gudrun einen großen Schluck ein und zwang sie, diesen hinunterzuwürgen. Gudrun erholte sich schnell von ihrem Schreck und schaute sich neugierig in Hermanns Küche um.

»Ich bin Gudrun«, stellte sie sich noch einmal vor und prostete dem stattlichen Hofbesitzer mit einem schiefen Lächeln zu.

Marga hatte das Kreischen der Traktorreifen gehört und war zum Tor hinausgeeilt. Gerade sah sie noch, wie ihr Nachbar die bleiche Gudrun in sein Haus führte, und ein Schmunzeln schlich sich auf ihr Gesicht. Endlich, Gudrun und Hermann hatten sich gefunden. Heimlich hatte sie gehofft, dass die beiden zueinanderfinden würden. Hermann war ein netter Kerl, sie hatte es immer bedauert, dass er keine neue Frau fand.

Glücklich vor sich hin lächelnd, ging sie zurück in den Kuhstall. Zwölf Kühe mit ihren Kälbern standen dort. In einer separaten Box rumpelte der Bulle und fand es gar nicht witzig, von seinen Mädels getrennt zu sein. Den ganzen Sommer hatten sie gemeinsam auf der großen Wiese hinter dem Hof verbracht, aber nun wurde das Wetter schlechter und sie waren eingestallt worden. Die ersten Tage waren die Kühe noch unruhig. Zudem war es gefährlich, sich dem Bullen zu nähern.

Aber Marga kannte ihren Bulli und wusste, wie sie ihn beruhigen konnte. Mit einem langen Besen angelte sie in seine Box und schrubbte ihm kräftig den Rücken, bis er ruhiger wurde. Vertieft in ihre Arbeit bemerkte sie nicht, dass ihr Mann Bruno den Stall betreten hatte. Normalerweise ging sie ihm aus dem Weg und vermied jede Begegnung, da Bruno ihr unversöhnlich gegenüberstand. Nur weil ihr ältester Sohn sich für sie einsetzte, konnten sie hier sein.

»Scher dich mit deinem Weiberpack gefälligst wieder vom Hof«, zischte ihr Bruno ins Ohr.

Vor lauter Schreck ließ Marga den Besen in Bullis Box fallen. Gleichzeitig griff Bruno Marga kräftig am Arm und zerrte sie aus dem Stall. Marga war kräftig, aber ihr Mann war stärker. Trotz seiner fünfundsiebzig Jahre hatte er noch erstaunliche Kräfte. Marga rieb sich den schmerzenden Arm und wollte gerade etwas erwidern, als Bruno ihr das Wort abschnitt:

»Verschwinde, sonst passiert was!«

Marga taumelte rückwärts und knallte schmerzhaft an die Hauswand. Sie sah ihrem Mann hinterher, der wütend über den Hof in den Garten stampfte. Ohne es zu wollen, flossen ihr Tränen die Wangen hinunter. Wie hatte sie sich vor über vierzig Jahren nur in diesen Mann verlieben können? Nichts war mehr übrig von dem netten und liebevollen Menschen, den sie damals kennengelernt hatte. Über die Jahre war Bruno immer schrulliger geworden, kaum etwas hielt seinem kritischen Auge stand. Marga war so froh und glücklich gewesen, als Bruno vor Jahren den Hof an ihren Martin abgegeben hatte. Endlich würden sie nun Zeit für Reisen haben, hatte sie gedacht. Aber Bruno hatte null Verständnis gezeigt. Für so einen Schwachsinn würde er sein Geld nicht aus dem Fenster werfen, hatte er abfällig gegrunzt und Marga wieder einmal gezeigt, wer die Finanzen des Hofes verwaltete: er. Wütend war Marga nach Weimar geflüchtet und hatte Bruno mehr oder weniger dazu gezwungen, ihr Unterhalt zu zahlen. Sie bekam nur eine winzige Rente, da sie immer nur im eigenen Betrieb mitgearbeitet hatte, und die reichte vorn und hinten nicht. Nur auf

Drängen ihres Sohnes hatte Bruno dann zähneknirschend ihrem Arrangement zugestimmt. Immer wenn es einen Engpass auf dem Hof gab, kam Marga und half aus. Aber nun wollte Bruno offensichtlich nichts mehr davon wissen. Marga stand zitternd an der Hauswand und versuchte sich wieder zu beruhigen. Sie musste mit Martin sprechen, unbedingt.

Als sie einige Minuten später in die Küche trat, begrüßte sie die Freundinnen, als wäre nichts geschehen. Die beiden sollten von ihren Eheproblemen so wenig wie möglich mitbekommen, schließlich hatten sie selbst genug Ärger am Hals. So ganz spurlos ging die ganze Sache dann aber doch nicht an ihr vorbei.

Die Freundinnen merkten, dass etwas nicht stimmte, als Marga zum obligatorischen Tee noch eine Runde Brombeerlikör verteilte. Doch Gudrun und Annelise hatten so viele Neuigkeiten zu berichten, dass Margas Verhalten schnell in den Hintergrund trat.

Gudrun erzählte aufgeregt von ihrer Begegnung mit Nachbar Hermann und wie er sie um ein Haar umgefahren und anschließend in seiner Küche umsorgt hatte. Eigentlich fand sie so gestandene Mannsbilder doch ganz sexy, gab sie großmütig zu.

Annelise kicherte wie ein junges Mädchen, und auch Marga verzog das Gesicht zu einem Grinsen. Als dann auch noch die beiden kleinen Kater von Annelise in die Küche stolperten und nach Streicheleinheiten verlangten, war für Annelise und Gudrun die Welt beinahe wieder in Ordnung.

Am Abend schlich Annelise über den Hof und verschwand mit einer Katzenfalle auf den Heuboden. Sie hatte am Vormittag die winzigen Katzenbabys zufällig gefunden, als sie nach ihren zwei Katern gesucht hatte, die jede Gelegenheit zum Ausbüxen nutzten. Da das Muttertier sofort geflüchtet war, hatte Annelise sich von der Tierärztin im Dorf eine Katzenfalle besorgt. Diese würde sie nun in der Nähe der Jungen aufstellen und so lange warten, bis das Muttertier in die Falle ging. Die Tierärztin hatte ihr versprochen, sich um die kleine Familie zu kümmern, bis die Jungen vermittelt und die Katzenmutter kastriert werden konnte. Annelise hatte es sich zur Aufgabe gemacht, Katzenretterin zu werden. Gemeinsam mit der Tierärztin würde sie versuchen, die halbwilden, streunenden Katzen einzufangen und zu kastrieren.

Nachdem die Falle ordnungsgemäß aufgestellt war, stieg sie die Treppe wieder hinunter, immer misstrauisch beobachtet vom mächtigen Bullen. Annelise machte es sich so weit wie möglich von Bulli entfernt auf einer alten Holzbank einigermaßen gemütlich. Sie lauschte auf das Klappern der Falle und saß still in der Dunkelheit. Plötzlich ging die Stalltür auf, und Margas Mann stampfte herein. Er machte die Deckenbeleuchtung an. Das von Spinnweben und Staub gedämpfte Licht traf auf Annelise. Bruno stutzte und kam dann wütend auf sie zu. Annelise machte sich ganz klein auf ihrer Bank und blickte ängstlich zu dem wütenden Mann auf.

»Was treibst du dich denn hier rum?«, blaffte Bruno.

»Ich hab einen Wurf Katzenbabys oben in der Scheune gefunden und da wollte ich …«, stotterte sie, als das Klacken der Katzenfalle sie unterbrach.

Weiter kam sie mit ihren Ausführungen nicht, da Bruno schon die Treppe hinaufstürmte. Annelise raffte sich auf und flitzte Bruno hinterher. Ein wenig außer Atem kam sie auf dem Scheunenboden an und sah gerade noch, wie Bruno das letzte Kätzchen in einen alten Leinensack steckte. Die Falle war leer und die Klappe nur halb zu.

»Aber ich wollte doch erst noch die Mutter fangen«, sagte Annelise.

»Brauchste nicht«, knurrte Bruno und ging mit schnellen Schritten an ihr vorbei, die Treppe wieder hinunter.

Die Katzenbabys im Sack fiepten so jämmerlich, dass es Annelise plötzlich den Hals zuschnürte.

»Aber wo wollen Sie denn mit den Kleinen hin?«, rief sie ihm nach. Dann durchzuckte sie ein furchtbarer Gedanke. Bruno wollte die Kleinen doch nicht etwa im Bach ersäufen? Sie hatte ja schon so einige Schauergeschichten vom Dorfleben gehört, aber doch nie im Leben gedacht, dass solche Perversitäten auch heutzutage noch praktiziert wurden. Wie von der Tarantel gestochen jagte sie ihm hinterher.

Auf dem Hof war es dunkel, nur das Licht, das aus den Fenstern strahlte, erhellte ein wenig die stockfinstere Nacht. Gerade sah sie Bruno noch aus dem Hoftor laufen in Richtung Bach.

»Marga, Gudrun, helft mir!«, schrie Annelise in höchster Not. Ohne auf Hilfe zu warten, stürmte sie dem Hofbesitzer hinterher. Ihr Herz drohte auszusetzen, als sie sah, wie Bruno den Sack mit Schwung in den Bach warf. Annelise blieb abrupt stehen, ihre Augen hielten den Leinensack fest, der langsam im schwarzen Wasser unterging. Genauso musste Karl-Heinz untergegangen sein, schoss es ihr durch den Kopf. Aber diese kleinen unschuldigen Geschöpfe durften nicht sterben.

Mit einem tiefen Atemzug löste sie sich aus ihrer Starre. Mit einem gewaltigen Sprung landete sie im Bach, angelte nach dem Sack und drückte ihn sich fest an die Brust. Wer weiß, ob sie es ohne Hilfe aus dem kalten Flussbett geschafft hätte, aber ihre Schreie waren nicht ungehört geblieben. Marga griff nach ihrer Freundin und zog die triefnasse Annelise aus dem Wasser.

»Sag mal, spinnst du? Warum stehst du denn hier im Bach rum?«, keuchte Marga.

»Der Bruno wollte die Kätzchen …«, schluchzte Annelise noch, dann sank sie kraftlos in Margas Arme.

Gemeinsam mit ihrem Sohn Martin, der den alten Damen hinterhergeeilt war, trugen sie Annelise ins Haus. Gudrun nahm sich der ebenfalls durchnässten Katzenbabys an und packte sie in dicke, weiche Frotteehandtücher. Annelise, die inzwischen wieder zu sich gekommen war, wurde von Marga ausgezogen und in ihrem Bett dick eingemummelt. Eine Wärmflasche an den Füßen und ein Tee mit Schuss würden sie bald wieder auf die Beine bringen.

»Du vollkommen verrücktes Huhn, springst in den eiskalten Bach«, kicherte Marga erleichtert, als Annelises Wangen ein zartes Rot überzog.

»Die Katzen?«, krächzte Annelise.

»Die sind putzmunter«, lachte Gudrun und legte Annelise die dick in Frottee gepackten Kätzchen ins Bett. »Ich hab auch schon bei der Tierärztin Bescheid gegeben. Sie holt die ganze Bande gleich ab.«

Glücklich drückte Annelise die Katzenbabys an sich und lächelte ihre Freundinnen dankbar an.

»Auf euch ist echt Verlass«, flüsterte sie, dann fielen ihr die Augen zu.

Leise schlichen die Freundinnen aus dem Zimmer und setzten sich in die große Küche. Von Bruno war nichts zu sehen oder zu hören, wahrscheinlich saß er oben in seinem kleinen Wohnzimmer und schaute fern. Bekümmert sahen die alten Damen sich an.

»Was machen wir denn jetzt?«, fragte Gudrun leise.

Marga senkte ihren Blick in den frisch aufgebrühten Tee, und es sah so aus, als lese sie aus den darin schwimmenden Teeblättern ihre Zukunft.

Nun waren es beinahe drei Wochen, die die Damen schon auf dem Land verbrachten. Sanna hatte Sehnsucht nach ihnen. Kurzentschlossen griff sie zum Telefon und rief Marga an, um für das kommende Wochenende ihren Besuch anzukündigen.

»Bringst du deinen Kommissar ebenfalls mit?«, wollte Marga wissen.

»Ja, aber er hat mir versprochen, euch in Ruhe zu lassen. Er meint das doch auch gar nicht so«, versuchte Sanna ihren Lukas schon im Vorfeld zu entschuldigen. »Wir bringen Kuchen mit und machen uns einen gemütlichen Nachmittag, ja? Schließlich habt ihr mich hier einfach ganz alleingelassen«, schmollte Sanna ein wenig.

Lukas, der im Hintergrund mithörte, verzog das Gesicht zu einer empörten Fratze und flüsterte Sanna ins Ohr: »So ganz allein warst du ja nicht«, und knabberte Sanna am Ohrläppchen.

Sie unterdrückte ein Kichern und beendete das Gespräch dann schnell. Nein, einsam hatte sie sich die letzten Tage wirklich nicht gefühlt, schließlich war Lukas fast jede Nacht bei ihr gewesen. Aber die alten Damen hatte sie schon richtig ins Herz geschlossen, ein Abstecher aufs Land am Wochenende würde ihr Spaß machen.

Kaum hatte sie das Handy beiseitegelegt, zog Lukas sie in seine Arme. Sie wollte sich befreien, weil sie immerhin morgen einen wichtigen Test vor sich hatte. Aber Lukas nestelte schon an den Knöpfen ihrer Bluse herum und küsste sie zärtlich über Ohr und Hals, so dass sich ihr vor Lust die Nackenhaare aufstellten. Sie warf ihre guten Vorsätze über Bord und zerrte Lukas das T-Shirt über den Kopf.

Sanna lag auf dem Bauch und schnarchte leise. Lukas betrachtete die Schlafende versonnen. Er konnte sein Glück noch immer kaum fassen, dass diese Traumfrau ausgerechnet ihn mit ihrer Liebe beschenkte. Alles würde er dafür tun, dass Sanna bei ihm bleibt. Zärtlich strich er eine ihrer langen roten Haarsträhnen aus ihrem Gesicht, während sein Blick im Zimmer umherwanderte.

Sie hatten zwar versucht, mit einfachen Mitteln das Zimmer vom Altmännermief zu befreien, aber trotz Blümchenbettwäsche und Duftkerzen sah der Raum, in dem noch immer Gustavs Möbel standen, recht trostlos aus. Lukas nahm sich vor, Sanna in ein

Möbelhaus zu entführen und ihr ein paar neue Sachen zu spendieren. Auf alle Fälle musste ein neues Bett her.

Er stand vorsichtig auf und tappte den Flur entlang Richtung Bad. Ohne darüber nachzudenken, landete seine Hand auf der Türklinke von Gudruns Zimmer. Er drückte sie hinunter, die Tür schwang geräuschlos auf. Erschrocken drehte er sich um und lauschte nach Sanna. Ihr Schnarchen drang gedämpft den Flur entlang. Lukas machte einen Schritt in Gudruns Zimmer. Vorsichtig schlich er umher, durchwühlte Schubladen, wusste allerdings nicht so recht, wonach er eigentlich suchte.

Dann fiel sein Blick auf den Computer. Er setzte sich vorsichtig auf den Stuhl davor, immer mit einem Ohr in Richtung Flur lauschend. Was trieb ihn nur dazu, hier herumzuschnüffeln? Wenn Sanna ihn erwischte, war er geliefert. Aber dieses komische Gefühl, das ihn immer, wenn er an den Tod der beiden alten Männer dachte, überkam, wollte einfach nicht verschwinden.

Lukas war überrascht, als er ohne ein Passwort auf Gudruns Rechner zugreifen konnte. Im Stillen hatte er gehofft, hier aufgeben zu müssen, so aber lagen alle Dateien gut sichtbar vor ihm. Er brauchte nur noch ein wenig Zeit, dann würden Gudruns Geheimnisse für ihn keine mehr sein. Zehn Minuten später gab er frustriert und völlig durchgeschwitzt auf. Entweder gab es hier nichts zu finden oder Gudrun hatte alle Beweise dafür, dass sie mit Gustav mehr als nur die Wohngemeinschaft verbunden hatte, gelöscht.

Alle paar Minuten war er zusammengezuckt und hatte befürchtet, dass Sanna ihn auf frischer Tat ertappte, aber noch immer klang ihr Schnarchen leise und friedlich durch den Flur. Nun gut, dachte er erleichtert. Vielleicht konnte er sich ja jetzt in der Gesellschaft der alten Damen entspannen, schließlich stand der Besuch auf dem Land kurz bevor. Er schlich sich leise wieder zurück ins Bett, kuschelte sich an Sanna und schloss die Augen.

18. Kapitel

Lukas hatte ein schlechtes Gewissen. Nachdem er bei Gudrun nichts Belastendes gefunden hatte, war er in den darauffolgenden Nächten auch noch in die Zimmer von Marga und Annelise geschlichen. Auch dort war er nicht fündig geworden. Nun musste er sich wohl oder übel eingestehen, dass er die alten Damen zu Unrecht verdächtigt hatte, etwas mit dem Tod der beiden alten Herren zu tun zu haben. Vielleicht konnte er ja sein schlechtes Gewissen damit beruhigen, dass er Sanna zu den Damen aufs Land chauffierte.

Ungeduldig zappelte Sanna auf dem Beifahrersitz seines alten VW-Golfs und drängte zur Abfahrt. Sie hatte sogar einen Kuchen gebacken und diesen vorsichtig auf der Rückbank abgelegt. Sanna zog eine kleine Digitalkamera aus ihrer Handtasche und knipste ein Foto von Lukas.

»Was ist denn das für ein Teil?«, fragte er lachend und nahm Sanna die Kamera aus der Hand. »Das ist ja vorsintflutlich.«

»Hey, das ist Gudruns Kamera, die hab ich in der Küche gefunden und wollte sie ihr mitbringen«, kicherte Sanna. »Komm, mach auch ein Foto von mir, da wird sie sich bestimmt freuen.«

Lukas drückte auf den Auslöser und wollte sich dann die Aufnahme ansehen, aber das Display zeigte nur ein recht unscharfes Bild.

»Die kannst du gleich in den Müll werfen«, meinte er abfällig und drückte die älteren Aufnahmen durch.

Nur dunkle, verwaschene Bilder waren zu sehen. Gerade wollte er Sanna die Kamera zurückgeben, als eine Aufnahme seine Aufmerksamkeit erregte. Er stutzte und schaute sich das Bild genauer an. Eine Gruppe von Männern war darauf zu sehen. Lukas zoomte, kniff die Augen zusammen und starrte angestrengt auf das Display. Trotz der schlechten Bildqualität erkannte er eindeutig die Männer, mit denen er vor ein paar Tagen erst gesprochen hatte. Es waren die alten Saufkumpane vom Theaterplatz und mittendrin Karl-Heinz Otto. Wieso hatte Gudrun ein Bild von diesen Männern gemacht? Lukas sah aus dem Autofenster und vergaß völlig, dass Sanna neben ihm saß. Erst als sie ihn am Arm rüttelte, tauchte er aus seinen Gedanken wieder auf.

»Was glotzt du denn in der Gegend herum?«, fragte Sanna ungeduldig. »Können wir jetzt endlich los?«

Zögerlich reichte Lukas ihr die Kamera und begann stockend zu sprechen:

»Auf dem Bild ist der Tote aus der Ilm zu sehen. Was hat Gudrun mit diesem Mann zu tun? Wieso hat sie ihn kurz vor seinem Tod heimlich fotografiert?«

Sanna riss die Augen auf und vergaß, den Mund zu schließen.

»Das ist jetzt nicht dein Ernst, oder?«, sagte sie verdächtig leise.

»Sanna, ich bin Kriminalpolizist, ich muss solche Fragen stellen.«

»Aber doch nicht bei uns. Du verdächtigst doch nicht wirklich die Damen oder auch nur Gudrun eines Verbrechens?«

»Und warum nicht? Nur weil das drei niedliche alte Damen sind, meinst du, die können keiner Fliege was zuleide tun? Entschuldige, aber da bist du echt naiv.«

»Hörst du dir eigentlich mal selber zu?« Sanna war auf hundertachtzig.

»Erst stirbt Gustav Schütz unter fragwürdigen Umständen, dann finde ich ein Foto von Karl-Heinz Otto auf Gudruns Fotoapparat. Beide Männer kannten sich, beide hatten irgendwie mit Gudrun und den Damen zu tun, und dann sterben sie kurz nacheinander. Außerdem hat Gudrun behauptet, diesen Karl-Heinz Otto noch nie gesehen zu haben.« Doch mit Vernunft kam Lukas bei Sanna nicht weiter.

Empört über seine Verdächtigungen stieg Sanna aus dem Wagen und warf die Autotür krachend ins Schloss. Lukas drosch wütend auf das Lenkrad ein und stieg dann schnell aus. Noch bevor sie die Haustür erreichte, hielt Lukas sie fest und sah Sanna bittend an.

»Du glaubst also wirklich, dass die Damen erst Gustav um die Ecke gebracht haben und dann diesem Karl-Heinz aufgelauert und ihn in die Ilm geworfen haben? Und das alles, weil …? Sind sie vielleicht jetzt Alleinerbinnen eines Wahnsinnsvermögens, oder auf was, bitte schön, begründet sich dein Verdacht?«

Mit jedem wütenden Wort von Sanna war Lukas blasser geworden.

»Vielleicht verdächtigst du mich ja auch noch? Ich könnte schließlich Gustav umgebracht haben, weil ich sein Zimmer wollte. Und weil Karl-Heinz mir auf die Schliche gekommen ist, hab ich den eben gleich mit beseitigt.« Theatralisch streckte Sanna ihre Hände aus, wie um sich von Lukas Handschellen anlegen zu lassen.

»Ach Sanna, vergiss einfach, was ich gesagt habe, ja?«, flehte Lukas.

»Nur wenn du mir versprichst, meine Mitbewohnerinnen nie wieder zu belästigen. Diese netten, hilfsbereiten Damen haben mich bei sich aufgenommen und mir ein Zuhause gegeben. Ich werde nicht zulassen, dass du sie mit deinen unsinnigen Fragen terrorisierst. Haben wir uns verstanden?« Streng blickte Sanna auf den mittlerweile völlig zerknirschten Kriminalkommissar.

Lukas nickte stumm und nahm Sanna dann vorsichtig in die Arme. Sie kreuzte bockig die Arme vor der Brust und versteifte sich. Erst als Lukas ihr zärtliche Worte ins Ohr hauchte und ihr hoch und heilig versprach, nie wieder ein Wort gegen die Damen zu sagen, schmiegte sie sich an ihn. Lukas hätte heulen können vor Erleichterung. Was war da nur in ihn gefahren? Er hatte doch gewusst, wie sensibel sie auf die Damen reagierte, und trotzdem hatte er wieder mit diesen Verdächtigungen angefangen. Noch einmal würde sie ihm das nicht durchgehen lassen, da war er sich sicher. Auf keinen Fall würde er diese Beziehung aufs Spiel setzen. Sanna war einfach das Beste, was ihm je passieren ist, und das würde er nicht versauen.

Stumm fuhren sie dann über die Dörfer zu Marga. Ein Vorbote des Winters war plötzlich über das Land hinweggefegt und hatte alles in Raureif gehüllt. Lukas musste sich sehr konzentrieren, um bei der überfrierenden Nässe nicht im Straßengraben zu landen. Sanna betrachtete versonnen die Landschaft.

Lukas grübelte über das Foto nach und fand einfach keine Erklärung. Er hatte Sanna zwar versprochen, die Damen in Ruhe zu lassen, und das würde er auch tun. Aber vielleicht ergab sich ja in einem unbeobachteten Augenblick die Gelegenheit, Gudrun so ganz allgemein nach dem Foto zu fragen. Vielleicht gab es ja eine ganz logische Erklärung dafür.

Im Dorf angekommen, wurden sie von den drei alten Damen schon vor dem Hof erwartet und dann feierlich in die gute Stube geführt. Hier saß man nur zu besonderen Anlässen. Lukas betrachtete belustigt die alte Schrankwand mit den aufgereihten Sammeltassen darin. Auch Margas Sohn Martin setzte sich zu ihnen an die Kaffeetafel und unterhielt sich interessiert mit Lukas über dessen Polizeiarbeit. Sanna strahlte glücklich über den Tisch und freute sich, dass ihr Kuchen den Damen offensichtlich gut schmeckte. Später machten sie alle gemeinsam einen Hofrundgang, bei dem Martin von seinen Anstrengungen erzählte, den Hof auf Bio umzustellen.

Gegen fünf Uhr eröffneten ihnen die Damen, dass immer am ersten Wochenende im Dezember ein kleiner Weihnachtsmarkt im Dorf veranstaltet würde und man diesen natürlich besuchen müsse. Zuerst stand das Weihnachtsingen in der Dorfkirche an. Lukas verdrehte die Augen und zog Sanna heimlich im Schutz der Dunkelheit von den Damen fort. Weihnachtslieder zu singen war ja so gar nicht sein Fall. Sollten die Damen nur gehen, er würde sich mit Sanna auch ohne sie amüsieren. Gerade wähnte er sich in Sicherheit, da zupfte jemand zaghaft an seinem Mantel.

»Das ist aber schön, dass sich auch ein paar neue, junge Leute zum Weihnachtssingen einfinden.«

Lukas und Sanna standen der Pfarrerin gegenüber.

»Also eigentlich wollten wir gerade …«, stammelte Lukas, als Sanna ihn unterbrach:

»Hineingehen, nicht wahr, Schatz?« Sie blickte Lukas bittend in die Augen und zog ihn zur Kirchentür.

»Natürlich«, murmelte er und folgte resigniert den beiden Frauen.

Die Kirche war mit etwa dreißig Leuten gut besucht, da zu den nur noch selten stattfindenden Gottesdiensten meist nur eine Handvoll alter Frauen kam. Heute saßen neben der Stammkundschaft noch einige junge Frauen mit ihren Kindern und ein Dutzend Dorfbewohner auf Polsterstühlen. Die alten Kirchenbänke waren vor Jahren im Rahmen der Renovierungsarbeiten gegen die bequemeren Sitzgelegenheiten ausgetauscht worden.

Auch Gudrun und Annelise waren in die Kirche geeilt und saßen nun gemeinsam mit Marga und einigen Dorffrauen in der ersten Reihe. Kichernd nahmen sie die Gesangsbücher entgegen und blätterten neugierig darin. Nach einigen einleitenden Worten gab die Pfarrerin das erste Lied bekannt. Die Orgel dröhnte gewaltig in der kleinen Kirche. Tapfer kämpften die Stimmen um Gehör, aber die Orgel übertönte alles. Nach zwei Strophen endete das Orgelspiel abrupt, die darauffolgende Stille durchbrach eine glockenklare Stimme. Gudrun sang. Mit offenen Mündern lauschten alle der Sängerin. Als die Strophe zu Ende gesungen war, brandete spontaner Applaus auf, und Gudrun verneigte sich huldvoll. Auch die nachfolgenden Weihnachtlieder wurden dank Gudruns geübter Stimme ein voller Erfolg.

Kichernd und aufgeregt schwatzend, verließen die Kirchenbesucher nach einer halben Stunde die Kirche. Gudrun wurde sofort von einigen Mitgliedern des hiesigen Kirchenchores belagert, und als alle im Festzelt waren, wurde kräftig auf Gudrun angestoßen. Lukas hatte für die Damen und Sanna Glühwein geholt und prostete ihnen gutgelaunt mit seinem Kinderglühwein zu. Die Gäste standen in kleinen Grüppchen an einigen Stehtischen mit Heizstrahlern zusammen. Immer wieder wurde Gudrun von allen für ihren Gesang gelobt. Margas Nachbar Hermann legte besitzergreifend seinen Arm um Gudrun und zog sie glücklich noch ein Stück näher an sich heran. Als Sanna zur Losbude ging, um ihren Preis abzuholen, stand Lukas plötzlich allein neben Gudrun. Hermann holte sich gerade ein Bier, von Marga und Annelise war auch nichts zu sehen. Lukas griff in seine Jackentasche und zog Gudruns alte Digitalkamera heraus.

»Die hier hat Sanna in Ihrer Küche gefunden und gedacht, dass Sie die gerne haben würden.«

Gedankenverloren nahm Gudrun die Kamera entgegen und steckte sie in ihre Manteltasche.

»Wir haben auch ein Bild von uns gemacht«, sagte Lukas stockend.

»Ach, das ist aber schön.« Gudrun zog die Kamera wieder heraus und schaute sich das Foto an. »Die ist wirklich nicht mehr viel Wert«, meinte sie lächelnd.

»Wir haben uns auch die alten Aufnahmen angeschaut«, sagte Lukas kaum hörbar und blickte angestrengt auf seinen Glühwein.

Gudruns Lächeln fror ein.

»So? Na, da kann man ja ch nicht mehr viel drauf erkennen«, flüsterte sie ein wenig atemlos.

»Sie haben da auf dem Theaterplatz in Weimar eine Gruppe von Männern fotografiert.« Lukas nahm eine Serviette und begann, diese in kleine Schnipsel zu zerreißen.

»Ach so? Da hab ich wahrscheinlich nur so ein bisschen in der Gegend rumgeknipst. Ich hab gar nicht weiter drauf geachtet, was ich da vor die Linse bekomme. Ich bin eine furchtbar schlechte Fotografin.« Hilfesuchend blickte Gudrun sich um.

Als Hermann mit seinem Bier zurück an den Tisch kam, atmete sie erleichtert auf. Lukas traute sich nicht, dass Gespräch fortzusetzen, und gab sich für heute geschlagen.

Annelise bekam von Gudruns Seelenqualen nichts mit. Sie hatte sich vom Schock des versuchten Kätzchenmordes erholt und amüsierte sich großartig auf dem Weihnachtsmarkt. Sie fachsimpelte mit anderen Katzenbesitzern über ihr Lieblingsthema. Von der Tierärztin erfuhr sie, dass die Katzenbabys sich prächtig entwickelten und sich schon einige Interessierte bei ihr gemeldet hatten. Über Bruno und seine Aktion mit dem Sack hatte sie mit der Tierärztin gesprochen. Von einer Anzeige wegen Tierquälerei hatten sie allerdings abgesehen, da die Damen noch ein Weilchen bei Marga auf dem Hof bleiben wollten. Da war es wohl besser, Bruno so gut wie möglich aus dem Weg zu gehen.

Die Stimmung wurde mit jedem Glühwein ausgelassener, und als die große Versteigerung begann, überboten sich die Anwesenden unter lautem Gejohle. Es wurden Sachen versteigert, die die Dorfbewohner vorher gespendet hatten. Da waren zur Belustigung aller auch einige skurrile Dinge dabei. Für den ausgestopften Marder gab es reichlich Gebote, auch eine Autowäsche von Hand und ein Frisörgutschein wurden unter lauten Zurufen versteigert. Gudrun bot für einen Wellnessgutschein, Annelise plünderte ihre

Ersparnisse für ein Katzenbild, und Nachbar Hermann ersteigerte unter spöttischen Zurufen der Dorfgemeinde einen Hofbesen.

Nur Marga fühlte sich nicht wohl in der illustren Runde, spürte sie doch einen hasserfüllten Blick auf sich. In einer Ecke des Festzeltes saß Bruno und starrte sie an. Unauffällig verließ sie das Fest und machte sich auf den Heimweg. Daheim schlüpfte sie in ihre Arbeitskluft, dann zog es sie in den Kuhstall. Sie schrubbte dem Bullen das Fell, und da er heute besonders friedlich war, beschloss sie, ihn im Futterstand zu fixieren und schnell seinen Stall sauberzumachen. Bulli ließ sich die Extraportion Mais schmecken und stand friedlich in der Box, während Marga mit Schaufel und Schubkarre bewaffnet den Stallboden vom Mist befreite. Beinahe glücklich schaufelte sie vor sich hin, da fielen ihr Brunos hasserfüllte Blicke wieder ein. Sie hatte gehofft, ein wenig Ruhe vor ihm zu haben, nachdem ihr Sohn mit ihm gesprochen hatte. Sie war und würde immer ein Teil dieses Hofes sein, egal ob es Bruno nun passte oder nicht.

Zwei Tage nach dem Mordversuch an den kleinen Kätzchen hatte Gudrun ihr ein Buch über den Tisch geschoben. Als Marga den Titel *Pilzbestimmungsbuch* gelesen hatte, war sie kreideweis geworden und hatte erschrocken mit dem Kopf geschüttelt. Annelise hatte das Buch in die Hand genommen und freudig von ihren Kindheitserinnerungen ans Pilzesammeln berichtet, bis ihr Blick auf Marga fiel. Die hatte sie ungläubig angeglotzt, erst jetzt war Annelise klargeworden, dass Gudrun kein netter Spaziergang im Wald vorgeschwebt hatte, um Maronen oder Steinpilze zu sammeln.

Mit einem Schnaufen hatte Annelise das Buch auf den Küchentisch geworfen und war betroffen aus dem Raum geflohen. Aber der Gedanke hatte sich bei den Damen eingenistet, und so dachten sie alle drei seitdem im Verborgenen über eine Lösung nach, wie man Bruno unauffällig loswerden könnte.

Tief in ihre Gedanken versunken, schob Marga gerade die volle, schwere Karre aus der Bullenbox, als ihr Mann den Stall betrat. Er schaute sich um und kam dann schnell auf Marga zu. Die ließ vor Schreck die Karre auf den Boden knallen und trat einen Schritt zurück in den Bullenstall. Bruno trat mit Wucht gegen die Schubkarre, dass der ganze Mist durch den Stall flog. Marga schrie vor Entsetzen auf und wich in die äußerste Ecke zurück. Sie sah die Wut in den Augen ihres Mannes und wusste, dass er sich dieses Mal nicht beherrschen würde. Er würde ihr weh tun.

Hilfesuchend blickte sie zur Stalltür, aber die hatte Bruno fest hinter sich ins Schloss gezogen. Mit geballten Fäusten kam er langsam auf sie zu. Der Bulle in seinem Fressgitter hatte sich durch die beiseitegeschleuderte Schubkarre erschreckt und tobte nun aufgeregt in seinem Stand. Bruno griff zur Mistgabel, die Marga nach dem Ausmisten am Gatter abgestellt hatte. Mit einem kräftigen Hieb trieb er die Spitzen der Gabel in Bullis Hinterteil, Marga schrie bestürzt auf.

»Lass den Bullen in Ruhe, der hat dir doch gar nichts getan«, rief sie.

Ohne den tobenden Bullen zu beachten, kam Bruno näher und hob die Gabel. Marga schrie aus Leibeskräften. Wie durch ein Wunder wurde die Stalltür aufgerissen und Lukas stand in der Scheune.

»Stopp!«, brüllte er.

Irritiert ließ Bruno die Gabel fallen, die ausgerechnet in Margas Gummistiefel landete. Sie schrie, diesmal vor Schmerz, laut auf und zog die Gabel aus ihrem Schuh. Lukas stürmte durch den Stall auf Bruno zu. Dieser hatte sich zwar für eine Sekunde ablenken lassen, aber seine Wut war noch lange nicht verraucht. Er stierte kurz zu Marga hinüber, dann zog er einen elektrischen Bullentreiber aus der Tasche seiner Arbeitsjacke.

Lukas hatte Margas ersten Schrei gehört, als er mit Sanna vom

Weihnachtsmarkt zurückkam. Im Hof hatten sie Annelise und Gudrun getroffen, die nach ihrer Freundin schauen wollten. Als geschulter Polizist hatte Lukas keine Sekunde gezögert. Mit einem Blick hatte er die Situation erfasst und Bruno durch seinen Ruf tatsächlich davon abgehalten, auf Marga loszugehen. Nun stürmte er durch den Stall, vorbei am tobenden Bullen. Lukas hatte gehörigen Respekt vor dem Tier und quetschte sich, eng an die Wand gepresst, an ihm vorbei. Er kniete sich zu Marga auf den Boden und griff beherzt unter ihre kräftigen Arme, um sie auf die Füße zu ziehen. Marga stöhnte vor Schmerz auf und humpelte, schwer auf Lukas gestützt, an der Stallwand entlang.

»Verschwinde, du Grünschnabel!«, bellte Bruno und stellte sich ihnen in den Weg.

»Sie lassen uns jetzt sofort durch, sonst nehme ich Sie wegen Körperverletzung fest«, brüllte Lukas über das Schnaufen des Bullen hinweg.

In diesem Moment kamen Sanna, Annelise und Gudrun in den Stall und blieben wie angewurzelt stehen, als sie dem mittlerweile Schaum geifernden Bullen gegenüberstanden. Lukas schaute besorgt auf das Gitter, das den Bullen hielt, und stellte entsetzt fest, dass es wohl nicht mehr lange den wütenden Attacken des Tieres standhalten würde.

»Raus hier!«, schrie er den Frauen zu und packte Marga fester unter, um sie aus dem Stall zu bringen, als er völlig ahnungslos einen Stromschlag erhielt und zuckend zu Boden ging.

Sanna schrie auf und stürzte zu Lukas. Auch Gudrun und Annelise erwachten aus ihrer Starre, sie liefen zu Marga und halfen ihr hoch. Bruno Maier stand wie der Leibhaftige mitten im Stall und glotzte irre um sich. Bei dem Angriff auf Lukas war ihm der Bullentreiber aus der Hand geschleudert worden. Nun suchte er den Boden danach ab. Sein Blick fiel auf die Mistgabel. Völlig von Sinnen ging er darauf zu und hob sie auf.

In der Zwischenzeit hatten Annelise und Gudrun die verletzte Marga in Sicherheit gebracht, und auch Lukas war, halb benebelt und auf Sanna gestützt, aus der Bullenbox gewankt. Bruno kam mit irrem Blick und der Mistgabel in der Hand langsam auf die Gruppe zu. Gudrun faste sich als Erste und schloss mit einem Tritt die Boxentür.

»Der Riegel«, keuchte Marga – später konnte keine der Damen mehr sagen, ob Marga den Riegel der Stalltür oder den Riegel, der den Bullen im Fressgitter hielt, gemeint hatte.

Die alten Damen standen eine Sekunde lang wie angewurzelt da, dann nahm Gudrun all ihren Mut zusammen und trat einen Schritt näher an den wütenden Bullen. Ihre Finger streiften den Riegel des Fressgitters, mit einem ohrenbetäubenden Krachen zerbarst die Haltekonstruktion. Gudrun taumelte nach hinten und landete glücklicherweise auf einem Strohballen. Der Bulle bäumte sich auf und befreite sich mit wildem Kopfschütteln von den Holzteilen. Geifernd und blind vor Wut drehte das Tier sich im Kreis. Als es seinen Peiniger entdeckte, blieb es ruckartig stehen. Mit blutunterlaufenen Augen glotzte der Bulle Bruno Maier eine Sekunde lang an, dann stürmte er los.

Lukas, noch immer benommen vom Stromschlag, konnte nur hilflos mit ansehen, wie der Bulle sich aus dem brüchigen Gitter befreite und den schreienden Bruno aufspießte, dann zog er Sanna schnell aus der Scheune.

Zwei Stunden später wimmelte es im Hof von Kripobeamten, Mitarbeitern der Tatortgruppe Erfurt, und auch die Rechtsmedizinerin Katja Blume aus Jena war anwesend. Der Notarzt, der Margas Fuß verarztet und Lukas untersucht hatte, konnte bei Bruno Maier nur noch den Tod feststellen. Im Stall sah es aus wie auf einem Schlachtfeld. Der Bulle hatte Bruno Maier in der Leistengegend aufgespießt und dabei die große Beinarterie verletzt.

Schwallartig war das Blut aus der Wunde gespritzt und hatte den Stallboden innerhalb von Minuten durchtränkt.

Nachdem Lukas die Frauen in Sicherheit gebracht hatte, war er zurück in den Stall geeilt und hatte zusehen müssen, wie der Bulle immer wieder auf sein Opfer losgegangen war. Da seine Dienstwaffe im Polizeirevier lag, hatte er den Bullen nicht erschießen können. Den Stall zu öffnen, um an den Verletzten zu kommen, wäre Selbstmord gewesen, und so war ihm nichts anderes übriggeblieben, als zu versuchen, den Bullen zu beruhigen.

»Ruhig, mein Junge«, hatte er wie ein Mantra unablässig wiederholt. Seine Sinne waren nach dem Stromschlag mit dem Bullentreiber immer noch lädiert gewesen, weshalb es ihm nicht gelungen war, den Bullen von Bruno Maier wegzulocken.

Erst der von Marga herbeigerufene ortsansässige Jäger hatte dem Gemetzel ein Ende gemacht. Ein Schuss, und der Bulle war zusammengebrochen. Lukas war zu Bruno Maier geeilt, aber der hatte sich nicht mehr gerührt. Alles war voll Blut. Lukas hatte, wider besseres Wissen, ein grobes Handtuch auf die schon nicht mehr blutende Wunde gedrückt. Die alten Damen und Sanna waren, nachdem das Toben des Bullen schlagartig aufgehört hatte, zurück in den Stall geeilt. Fassungslos hatten sie auf den in Brunos Blut knienden Lukas gestarrt.

Nun standen die alten Damen eng aneinandergepresst mit angstgeweiteten Augen im Hof und hielten sich an den Händen.

»Was für ein entsetzlicher Unfall«, stöhnte Gudrun.

Lukas, der mit hängenden Schultern, schwer gestützt auf Sanna bei der Gruppe stand, schaute die alten Damen erschöpft an. Er blinzelte mehrmals, rieb sich den schmerzenden Nacken und nickte dann.

Veronika Vogel war von der Zentrale informiert worden und schon wenige Minuten nach dem Notarzt im Dorf. Sie nahm ihren jungen Kollegen zur Seite, setzte ihn behutsam auf die Holzbank vor dem Wohnhaus und zwang ihn, einen Schluck Wasser zu trinken. Lukas stand unter Schock, tat aber brav, was Veronika Vogel verlangte.

»Geht's dir besser?«, fragte sie nach ein paar Minuten behutsam.

Lukas nickte.

»Kannst du mir erzählen, was passiert ist?«

»Ich stand mit Sanna im Hof, als wir einen Hilfeschrei aus dem Stall gehört haben«, begann Lukas stockend zu erzählen. »Ich bin dann gleich rein und sehe noch, wie Bruno mit der Mistgabel auf Marga losgehen will. Ich schrei wie ein Blöder, und der lässt die Gabel genau auf Margas Fuß fallen.« Ein Zittern schüttelte seinen Körper, sicher eine Nachwirkung des Stromschlags. »Ich bin dann hin zu Marga und wollte sie aus dem Stall bringen, da hat's mich mordsmäßig ausgeknockt. Als ich wieder zu mir komme, zertrümmert der Bulle gerade seine Halterung, und ich sehe zu, dass ich die Frauen aus der Scheune kriege.« Mit Entsetzen im Blick schüttelte Lukas seinen Kopf und sah die Szene, wie der Bulle auf Bruno zustürmte und ihn aufspießte, noch einmal vor sich. »Als ich dann zurück in den Stall kam, war es schon zu spät. Da war nichts zu machen«, schluchzte er auf.

Veronika Vogel legte ihrem Kollegen mitfühlend den Arm um die Schulter.

»Mach dir keine Vorwürfe«, sagte sie leise. »Ich hab vorhin kurz mit den Frauen gesprochen. Alle sagen, wenn Bruno Maier den Bullen nicht so gereizt hätte, dann wär das alles nicht passiert. Stell dir vor, der Jäger hat Stiche von der Mistgabel im Hinterteil des Bullen gefunden. Der muss dem die Gabel mit voller Wucht hineingerammt haben, da würde wohl jeder durchdrehen. Als der Bulle dann frei war, hat er sich seinen Peiniger eben vorgenommen. Ihr könnt heilfroh sein, dass ihr da lebend rausgekommen seid. Ich denke, wir können die Ermittlungen in diesem Fall abkürzen und die Sache als Unfall ad acta legen.«

Lukas schaute lange zu Sanna hinüber, die sich liebevoll um die alten Damen kümmerte. Schließlich nickte er.

»Ein Unfall, ja, das war es wohl.«

19. Kapitel

Weimar. Ein tragischer Unfall ereignete sich am Samstagnachmittag im Weimarer Land. Ein 75-jähriger Mann erlag nach dem Angriff eines Bullen seinen schweren Verletzungen, wie die Polizei in Weimar mitteilte. Erst ein ortsansässiger Jäger konnte das aggressive Tier stoppen und so weiteren Schaden abwenden.

Marga knüllte die Zeitung zusammen und stopfte diese ganz tief in die Papiertonne. Sie wollte nicht, dass ihre Freundinnen die Schlagzeilen lasen und sich wieder Vorwürfe machten. Bruno war tot, und das war auch gut so. Endlich würden sie zur Ruhe kommen können. Sie waren noch nicht wieder zurück in ihre Senioren-WG in Weimar gezogen. Marga wollte ihren Sohn nicht mit der vielen Arbeit allein lassen. Annelise zog es täglich zu ihren Katzen in den Stall. Und Gudrun zog es immer wieder zu Nachbar Hermann, der sich liebevoll um das Wohlergehen der Damen kümmerte, insbesondere um Gudruns. Vielleicht konnten sie ja für immer hierbleiben?

Marga gab sich einen Ruck und knallte die Tonne zu, sie musste mit Martin sprechen und ihn fragen, was er von dieser Idee hielt.

Einige Wochen später schlenderte Kriminalkommissarin Veronika Vogel glücklich über das alte Pflaster des Vierseithofs. Sie als zuständige Kripobeamtin hatte diesen Fall bearbeitet und abgeschlossen. Alle Zeugen hatten ausgesagt, dass Bruno Maier das Tier brutal misshandelt und bis aufs Äußerste gereizt hatte. Es stand zweifelsfrei fest, dass die Konstruktion, die den Bullen fixiert hatte, auseinandergebrochen war. Die Kollegen der Spurensicherung hatten die Teile aufgesammelt, wieder zusammengesetzt und dabei an mehreren Stellen Brüche im morschen Holz festgestellt. Der Bulle hatte das Gitter regelrecht gesprengt. Lukas hatte nur bedingt Auskunft über das Geschehen geben können, da er durch den Stromschlag offensichtlich unter Gedächtnisverlust litt.

Dass die Damen schon wieder in einen Todesfall verwickelt waren, machte nun selbst Veronika Vogel nachdenklich. Als sie die Frauen aber bei ihren Gesprächen besser kennenlernte, verflogen diese Zweifel. Drei ältere Männer waren im unmittelbaren Umfeld der Damen ums Leben gekommen, aber das den Damen zur Last zu legen wäre ja vollkommen unsinnig. Die Männer waren alle weit über sechzig gewesen, und alle waren eindeutig durch einen Unfall ums Leben gekommen. Männer starben nun einmal eher als Frauen, dachte Veronika Vogel und lächelte.

Bei den Gesprächen mit den Damen hatte sie sich mit diesen angefreundet und ihnen gestanden, auch schon mit dem Gedanken gespielt zu haben, in eine Seniorenwohngemeinschaft zu ziehen. Die Damen waren sofort begeistert gewesen und hatten sie spontan eingeladen, eine Weile bei ihnen auf dem Hof zu wohnen, sozusagen als Probe für später.

Die Damen nämlich hatten kurz nach dem Unfall tatsächlich beschlossen, gemeinsam zu Marga aufs Land zu ziehen. Der Hof war groß genug, um sie alle unterzubringen, und so wohnten sie nun, jede in einem schönen Zimmer, zusammen auf dem alten Hof. Veronika Vogel hatte sich ein paar Tage freigenommen und diese auf dem Seniorenhof verbracht. Es waren wunderbare Tage gewesen, erfüllt von langen Spaziergängen und gemütlichen Plaudereien am Küchentisch. Leider hatte sie nicht in dem großen Garten arbeiten können, aber bald würde sich der Frühling bemerkbar machen, und die Damen hatten ihr ein eigenes kleines Beet zugesichert.

Ihren Lutz hatte sie in diesen Tagen nicht einmal vermisst, das stimmte sie nachdenklich. Vielleicht sollte sie gar nicht warten, bis ihr Lutz das Zeitliche segnete, vielleicht sollte sie in den Vorruhestand gehen und auf den Seniorenhof ziehen. Ein Schrei zerriss plötzlich die Stille.

Als Veronika Vogel in den Kuhstall eilte, erblickte gerade ein Kälbchen das Licht der Welt. Marga hockte auf dem Stallboden, genau an der Stelle, an der ihr Mann gestorben war. Sie presste das Kälbchen glücklich an ihren üppigen Busen und schluchzte:

»Es ist ein Bulle!«